UNGLAUBLICH

Für Steffi

Klopfer (G. Lampe)

UNGLAUBLICH

**Erlebnisse aus dem Leben eines
Hamburger Flegels**

Nach wahren Begebenheiten

*Ähnlichkeiten mit lebenden oder verstorbenen Personen
sind rein zufällig (oder auch nicht)*

Bibliografische Information der Deutschen Nationalbibliothek Die
Deutsche Nationalbibliothek verzeichnet diese Publikation in der
Deutschen Nationalbibliografie; detaillierte bibliografische Daten sind
im Internet über http://dnb.de abrufbar.

© 2019 G.Lampe
Satz, Umschlaggestaltung, Herstellung und Verlag:
BoD – Books on Demand
ISBN 978-3-7481-6116-5

Von Klopfer (G. Lampe)

Hauptdarsteller, oder härterer Kern. (Namen willkürlich aufgeführt):

Baby
Fred
Hatschi
Toni
Winni
Jockel (Der Würger)
Quitten Arno
Volker
Schlicki
Klopfer
Walter
Charly und Bruder
Knolle
Schwager
Forken Erwin
Michel
Fritz
Neger Eddy
Sander
Peter
Ralf
Schluppi
Norbert
Atsche
Bubi
Fußpilz Dieter

Gockel
Klaus
Pit
Gerdi
Werner
Buggy
Behni
Brandos
Menne
Klaus R.

Nebendarsteller:

Günter
Hoffman
Bauer Martens
Abbruch Rudi
Bodo
Ede
Manfred M.
Walter R.
Mützen Hubert
Klaus Martin
Pele
Uwe
Rolli
Willi
Zigeuner Otto
Dicken Menne

Die nicht Aufgeführten mögen entschuldigen, da mir momentan keine Namen mehr einfallen, und ich weiß, dass ich Namen und Geschichten vergessen habe.

1

Die Anfänge

Rahlstedter Gesellschaftshaus:

Das Rahlstedter Gesellschaftshaus war eine Kneipe an der Rahlstedter Straße in Hamburg, und direkt daneben war ein Tanzlokal mit dem Namen „Tina Lou". Es war recht praktisch, denn man musste nur ein paar Schritte gehen, um vom einen in den anderen Laden zu wechseln. Otto hieß der Wirt im Gesellschaftshaus, und es fing eigentlich alles ganz harmlos an. Otto trug ein großes Tablett aus der Küche, mit Frikadellen, Koteletts und halben Hähnchen usw. darauf, um es am Tresen in die Kühlung zu stellen. Da es ein bisschen eng war, trug er es über seinem Kopf, aber als er es runternahm, war das ganze Tablett leer, und alle, die am Tresen saßen, kauten und grinsten ihn nur an. Oder er ging mal nach hinten in die Küche, dann nahm man sich schon mal eine Flasche aus dem Regal und schenkte sich was ein, bevor er wiederkam. Fred aß gerne Kartoffelsalat, aber wenn ihm dieser nicht schmeckte, was öfters vorkam, schmiss er ihn samt Teller in den sich drehenden Ventilator, dass Salatstücke gemischt mit Porzellanstücken durch die ganze Kneipe flogen. Aber es hielt sich alles in Grenzen. Nebenan im „Tina Lou" war Fred M. der Geschäftsführer und es war so, dass am Wochenende Walter, Fred, Forken-Erwin usw. dort kellnerten und Live-Bands dort spielten.

Wenn die Musik mal nicht nach unserem Geschmack war, wurde einfach das Kabel gekappt, damit sie nicht mehr weiterspielen konnten.

Außerdem war der Geschäftsführer ein bisschen auf uns angewiesen, da wir bestimmten, wer und ob überhaupt jemand kellnern durfte.

Ab und zu fand auch ein Sängerwettstreit statt, bei dem Klaus und Knolle mitmachten. Klaus sang Lieder von Chuck Berry und Knolle trat als Screaming Lord Sutch auf. Er wurde mit einem Sarg auf die Bühne getragen und trug ein kurzes Tigerfell, dabei hatte er immer Unterhosen seiner Tante an (Knolle und Charly wohnten bei der Tante). Da die Unterhosen nie richtig passten, hing ihm immer ein Ei aus der Unterhose, was für großes Gejohle sorgte.

An einem Wochenende kam Knolle wieder als Screaming Lord Sutch aus seinem Sarg herausgestiegen, sang und ging kurz hinter die Bühne. Als er wieder die Bühne betrat, hatte er einen Kuhschädel mit Hörnern in seinen Händen und tobte damit über die Bühne. Forken-Erwin, der etwas ländlich hinter Stapelfeld wohnte, hatte ihm den besorgt und wir fanden es natürlich toll. Aber als wir die nächsten Tage dort waren, roch es irgendwie komisch und es fing immer mehr an zu stinken. Knolle hatte den Kuhkopf einfach hinter die Bühne geschmissen. Es war nun ein Gewimmel und Gewusel, der Kopf war voller Maden und stank bestialisch. Der Laden blieb eine Woche geschlossen, weil der Gestank nicht rausging.

Übrigens: Charly hatte einen dreibeinigen Hund und

einen schwarzen Raben, der auf seiner Schulter saß und sein weißes Gewand vollschiss. Er wohnte später auf einem Boot, und rauchte gern mal eine, und wenn er bei sich eine Feier hatte, schoss er gern seine Wandlampen ab. Charly sagte irgendwann: „In diesem Leben arbeite ich nicht mehr" – und das schaffte er auch.

Sein Bruder Knolle war später Ansager im „Eve" auf dem Kiez, das in einem Hinterhof lag und einer der ersten Läden war (wenn nicht sogar der allererste), wo unter anderem Live-Acts auf der Bühne gezeigt wurden, und vieles andere mehr. Wenn man den Laden betrat wurde man von ihm durch das Mikrofon namentlich begrüßt, dass sich alle umdrehten, und es war immer sehr viel los. Ganz vorne am Schnüffelbalken wurden sogar immer einige Rollstuhlfahrer rangeschoben.

Freitags war nebenbei noch Wannentag, so dass Baby öfters auf die Bühne ging, um sich abseifen zu lassen.
    Weil es auf der Bühne immer heftiger zuging, wurde der Laden aber von der Behörde zugemacht.

Nachdem man das „Eve" schließen musste, war Knolle im „Joschiwara", das direkt neben dem „Salambo" lag.

Ganz vorne konnte man Schwarzweißfilme gucken und weiter hinten gab es Farbfilme, und dann gab es noch einen mit Bärenfellen ausgelegten Keller. Knolle und seine Freundin arbeiteten da und es wurden viele, hauptsächlich angetrunkene Gäste in den Keller gelockt, wo sie abgezockt wurden. Wenn die Gäste unten im Keller waren, stand der Kellner neben dem Gast, schlug mit einem Stock in seine offene Hand und sagte drohend: „Du willst doch bestimmt eine Flasche Sekt bestellen!" Aus Angst taten es auch die meisten und hatten eine ziemlich dicke Rechnung.

Nachdem es immer mehr Anzeigen hagelte, kamen wir auf die Idee, es genauso anzumalen wie nebenan das „Salambo" (nämlich in Zebrastreifenmuster).

Wenn jetzt die geprellten Gäste, die eine Anzeige machten, die meisten taten es nicht, weil es ihnen peinlich war, mit der Polizei davorstanden, wussten sie nicht mehr genau, wo sie reingegangen waren.

Und wenn Knolle mit seinem langen Ledermantel zum Einkaufen an der Wursttheke stand, machte es ihm überhaupt nichts aus, sich ein Nasenloch zuzuhalten und kräftig auf den Boden zu schnäuzen, dass die anderen Leute aufpassen mussten, nicht in den grünen, schleimigen Haufen zu treten.

Als er später bei seiner Tante mal ausgezogen war, wohnte er in Billstedt in einem Hochhaus. Tierhaltung war nicht erlaubt, aber er hatte drei kleinere und einen größeren Hund. Weil er keinen Ärger bekommen wollte, packte er die vier Hunde, wenn er wegging, in zwei größere Koffer und fuhr mit dem Fahrstuhl nach unten. Wenn Leute dann im Fahrstuhl zustiegen und sagten: „Hallo, wollen Sie wieder verreisen?", sagte er: „Nur ein kleiner Ausflug." Er kam ja abends wieder und fuhr mit den Koffern wieder nach oben. So lange konnte er es auch nicht mehr verbergen, weil die Hunde auch mal Laut gaben. Also bekam er die Kündigung und wohnte wieder bei seiner Tante.

Wir wollten eines morgens zu viert, Baby, Charly, Knolle und ich, zu ihnen nach Hause und gingen die Oldenfelder Straße entlang, und Charly sagte auf einmal: „Da kommt unsere Tante, die will zur Arbeit fahren."

Da sie nicht wollte, dass die beiden schon am frühen Morgen Leute mit nach Hause brachten, sagte er: „Pass auf, wir gehen alle ganz dicht hintereinander, das merkt sie nicht, die kann schlecht gucken."

Ich vorneweg, gingen wir im Gleichschritt zu viert dicht hintereinander auf der anderen Straßenseite an der Tante vorbei, die nur kurz rüber guckte und nichts bemerkte.

Nun will ich nicht so weit abschweifen, also kehren wir zum Rahlstedter Gesellschaftshaus zurück.

Nachdem Otto sich genug über uns geärgert hatte und ihm noch jemand seine brennende Zigarre in den Mund schob, hörte er auf.

Horst und Elke waren die neuen Pächter. Mit den beiden kam man sehr gut aus und es war alles normal. Dann zogen die beiden aus familiären Gründen weg und danach kam ein Wirt mit dem Namen „Baby". Nicht unser Baby von der Liste.

Nach kurzer Zeit hatten wir ein neues Motto, es hieß „Nacht der langen Messer": Wir trafen uns am Freitag ab mittags in der Kneipe und gingen am Sonntagabend erst wieder raus. Das passte dem Wirt natürlich überhaupt nicht, und irgendwann Samstagnacht hielt er einen Revolver in der Hand und wollte uns damit rausjagen. Wir überwältigten ihn kurzerhand und fesselten ihn mit einem Abschleppseil an einem Heizkörper. Danach legte sich erst einmal jeder auf den Tresen unter den Zapfhahn und ließ sich Bier in den Mund laufen. Es gab schon leichte Rangeleien zwischen uns, weil keiner es abwarten konnte, wieder als Nächster dranzukommen.

Jedenfalls machte es mehr Spaß, als sich einfach eine Flasche aus dem Regal zu nehmen. Genau deshalb fesselten wir ihn ab und zu, ohne einen Anlass dafür zu haben.

Zu dieser Zeit quartierten Baby und ich uns in der Kneipe ein (das Gesellschaftshaus hatte oben noch Zimmer). Da der Wirt erst gegen Mittag kam, gingen wir schon morgens in die Kneipe. Von unserem Zimmer aus konnten wir im Treppenhaus nach unten gehen, dort befand sich eine Außentür, für die wir einen Schlüssel hatten, und zur anderen Seite konnte man die Kneipe betreten, die ja noch geschlossen hatte, sodass wir ganz alleine da waren. Aus Langeweile haben wir einmal die Lampenschalen sauber gemacht, Löcher reingebohrt und die Schalen mit Rotwein gefüllt. Wir setzten uns darunter, und es tropfte uns von oben in den Mund. So warteten wir in der Kneipe, bis der Wirt und die ersten Verrückten wieder eintrafen.

Der Wirt hatte auch einen sogenannten Koch, der kleine Sachen zum Essen zubereitete. Da wir dort wohnten, sagten wir öfters, er soll uns was zum Essen machen. Aber als wir eines Tages zu ihm in die Küche gingen, um Bescheid zu sagen, dass er uns etwas brutzeln sollte, stand dieser direkt neben dem Herd und pinkelte dort in die Ecke. Es gab ordentlich Haue von uns, denn wer weiß, was der die ganze Zeit mit unserem Essen gemacht hatte.

Dann gingen wir nach nebenan ins „Tina", dort gab es eine Garderobe, wo man eine Nummer bekam, wenn man seine Jacke, den Mantel usw. abgab. Wir nahmen uns einfach die Rolle und gingen wieder zurück. Wir wollten unsere Zimmer stundenweise vermieten und jedem eine Nummer von der Rolle abreißen, der für das Zimmer bezahlte.

Gute Idee, aber es lief nicht so an, wie wir es uns vorgestellt hatten.

Da keiner bezahlte, alle nur anschreiben ließen, gab der Wirt schließlich auf.

Als Nächster kam Udo O. Man muss sich das etwa so vorstellen, dass bei der Eröffnung alles neu und blitzblank aussah. Es waren weiße Tischdeckchen auf den Tischen, auf denen kleine Blumenvasen mit Blümchen standen, wirklich nett, aber als einem von uns versehentlich die Zigarettenasche auf das weiße Deckchen fiel, regte er sich furchtbar darüber auf. Etwa 14 Tage später hatte sich das Blatt etwas gewendet. Die Deckchen waren verschwunden, und so langsam übernahmen wir wieder alles.

Es verging noch eine Woche, dann war es so weit, dass Udo unrasiert hinter dem Tresen stand mit seinen geweiteten Augen. Wir hatten ihn mit Tabletten versorgt,

Preludin, Captagon und Pervitin (Pervitin haben im Krieg die Piloten genommen, damit sie nicht einschlafen – wenn man von den Tabletten welche einnahm, konnte man mehrere Tage durchmachen, ohne zu schlafen). Udo bekam von uns Tabletten, und wir schenkten ihm immer einen ein und konnten sonst machen, was wir wollten.

Udo war glücklich und wir auch. Seine Frau kam einmal in die Kneipe und wollte Udo wohl bekehren. Aber er lächelte nur und sagte, er fühle sich pudelwohl, holte aus und haute ihr mit der Faust eins aufs Auge. (Sie ließ sich daraufhin scheiden.) Einmal kam sogar die Gesundheitsbehörde in die Kneipe und er bekam Auflagen, die er erfüllen musste, weil es alles nicht mehr so sauber war.

Dann kamen die nächsten Wirte und es lief immer gleich ab. Wir schlossen Wetten ab, wie lange der neue Wirt es aushalten würde. Manche blieben zwei Monate, andere einen Monat, und einer hat schon nach einer Woche aufgehört.

Nebenan im „Tina" lief es auch nicht viel anders, man nahm sich einfach was zu trinken und bezahlte nicht.

Es gab auch noch das „Western Story", der Besitzer hieß Egon und ich kam sehr gut mit ihm aus. Wenn Egon nicht da war, stand Paul D. hinter dem Tresen, und wenn es zur vorgerückten Zeit leerer wurde und er dachte, er wäre unbeobachtet, nahm er sein Glasauge raus, putzte es und tat es wieder rein. Michael und Forken-Erwin kellnerten auch da. Im „Western" hatten Hatschi und ich ein Versteck in einer Sitzbank. Etwas

Hasch und Tabletten, die wir auch verkauften (ab und zu auch mal selber probierten). Da wir oft auf dem Kiez waren, belieferten wir auch einige Nutten. Einmal, als wir auch Geld brauchten und keine Ware mehr hatten, gingen wir in die Apotheke und kauften Tabletten, die genauso aussahen. Es waren aber Durchfalltabletten, und nachdem wir unser Geld hatten, sind wir erst mal abgehauen und haben uns nicht mehr blicken lassen.

Als wir nach etwa fünf Wochen wieder hinfuhren, hatte sich der anfängliche Ärger gelegt und man schmunzelte darüber.

Fred hat für Egon öfters Geld eingetrieben, und ich war auch mal mit. Egon wollte immer, dass er mit seinem Mercedes-Sportwagen fuhr, aber Fred wollte unbedingt mit seinem Opel fahren. Schließlich fuhren wir mit einem Revolver im Handschuhfach nach Neumünster. Dort angekommen fuhren wir zwei Lokale an, nahmen gefüllte Briefumschläge ohne Schwierigkeiten entgegen und machten uns an die Rückfahrt Es war, glaube ich, die B75 oder 404, und es war überall stockdunkel, keine einzige Laterne.

Nachdem wir einige Zeit gefahren waren, knallte auf einmal die Motorhaube hoch, dass sie senkrecht vor der Windschutzscheibe stand. Wir überschlugen uns und landeten in einem Graben. Der Wagen lag auf einer Wiese, und als wir herausgeklettert waren, feststellten, dass mit uns alles in Ordnung war, nahmen wir unsere

Sachen aus dem Wagen und gingen zu Fuß weiter. Fred wollte den Wagen als gestohlen melden.

Es war wirklich ganz dunkel, keine Beleuchtung, nichts, und nach einer Stunde schmiss ich meine Cowboystiefel ins Gebüsch, weil ich nicht mehr darauf laufen konnte. Es kam kein einziger Wagen vorbei, und nachdem wir schon drei oder vier Stunden unterwegs waren, sahen wir in einiger Entfernung Lichter. Es war etwa drei Uhr morgens, als wir an einem Haus ankamen und klingelten. Obwohl sich nach mehrmaligem Klingeln die Gardine bewegte, machte natürlich keiner auf. So gingen wir weiter und fanden endlich eine Telefonzelle. Wir riefen bei Egon an, der uns jemand schickte, der uns abholte. Unsere Füße waren voller aufgeplatzter, blutiger Blasen. Beim nächsten Mal wollten wir mal Egons Wagen nehmen.

Da im „Western" morgens immer vom Kiez einige Zuhälter kamen, um Egon zu besuchen, kam es irgendwann zu einem Streit und zu einer Schlägerei, bei der die Zuhälter auf verlorenem Posten standen und ordentlich was auf die Ohren bekamen. Dann aber wendete sich auf einmal das Blatt, denn sie schossen auf uns. Wir liefen nach draußen und legten uns in Deckung. Die Kugeln flogen durch die Gegend. Da wohl einige Anwohner die Polizei riefen, kam diese auch mit drei Polizeiwagen angefahren. Die Polizisten stiegen aus und gingen auch in Deckung. Nach einer Weile krochen sie wieder zu ihren Polizeiwagen zurück, stiegen ein und fuhren einfach wieder weg. (Unglaublich, sie kamen auch nicht wieder).

Nun hatten die Zuhälter uns aber auf dem Kieker.

Da wir immer ziemlich spät ins „Western" gingen, ahnten sie wohl, wo wir uns aufhielten.

Das erste Mal als sie kamen, sah es gerade noch jemand von uns und wir konnten im „Tina" durch die Hintertür verschwinden. Sie kamen mit vier Ami-Schlitten, die vollbesetzt waren, hatten alle Knüppel in der Hand als sie ausstiegen und sahen recht verwegen aus. Ab jetzt lag immer einer von uns auf dem Dach, um rechtzeitig Alarm zu geben.

Sie kamen des Öfteren, aber wir konnten immer rechtzeitig verschwinden. Aber einmal war es so weit, dass Gockel nicht rechtzeitig wegkam, weil er schon einen kleinen Schwips hatte. Sie gingen mit ihm auf die Tanzfläche, bildeten einen Kreis, stellten ihn in die Mitte und knüppelten dann auf ihn ein.

Er war eine Weile im Krankenhaus, und als er entlassen wurde, waren seine Knochen so kaputt, dass er nicht mehr arbeiten konnte und zum Frührentner wurde.

Nach und nach kehrte wieder mehr Ruhe ein. Baby und ich besorgten uns einen alten VW-Käfer auf Wechsel, weil wir kein Geld hatten, holten den Wagen aus der Innenstadt ab und fuhren zurück nach Rahlstedt. Am Wandsbeker Markt überfuhren wir eine rote Ampel, dann sahen wir im Rückspiegel, wie der Polizist uns aufschreiben wollte. Wir mussten ordentlich lachen, denn er guckte etwas verblüfft, er konnte uns ja gar nicht aufschreiben, weil wir keine Nummernschilder dran hatten. Wir fuhren ohne Schilder zum Großensee und schliefen uns erst mal aus.

Nun mussten wir zum TÜV. Der Wagen fiel natürlich durch die Prüfung aber Baby bastelte so lange daran herum, bis es endlich so weit war, dass wir wieder vorfahren konnten. Es war jetzt alles in Ordnung. Wir sollten uns nur noch zwei neue Hinterreifen besorgen und dann noch mal vorfahren. Also fuhren wir nur kurz um die Ecke, zogen die guten vorderen Räder hinten rauf, und die schlechten vorne. Aber es wurde bemerkt und wir mussten uns was anderes einfallen lassen. Da es in der Nähe einen Schrottplatz gab, wollten wir es dort versuchen, uns Reifen zu besorgen. Aber entweder waren die passenden zu teuer oder sie waren totaler Mist. Wir wollten gerade wieder wegfahren, da sahen wir neben dem Büro einen ziemlich neuen VW-Käfer stehen, der auch noch die richtige Reifengröße hatte. Schnell montierten wir zwei Reifen von dem neuen Wagen ab und gingen damit ins Büro. Er wollte sie uns nicht geben, weil diese so neu aussahen, und fragte, wo wir sie herhätten. Wir sagten: „Von den Schrottautos, die da hinten stehen", und dass auf dem Schild stünde: Reifen 5 DM. Er konnte es überhaupt nicht verstehen, aber nach einigem Hin und Her bezahlten wir 10 DM dafür, luden die Reifen auf die Hintersitze und fuhren schnell weg. Nun musste er sich neue Reifen besorgen.

Nachdem wir die neuen Reifen aufgezogen hatten, bekamen wir endlich unsere TÜV-Plakette und hatten nun auch Nummernschilder dran.

Auf dem Weg zurück schepperte es einmal, dass wir anhielten, um zu gucken, was da los war. Es war unsere

Motorhaube (Deckel), die uns abgefallen war und am Straßenrand lag. Nachdem wir sie mit Band einigermaßen festgebunden hatten, fuhren wir weiter.

Wir stellten den Wagen immer in der Nähe der Kneipe ab, die man besuchen wollte, um darin zu schlafen, wenn man wirklich nicht mehr konnte.

Es funktionierte auch ganz gut, aber es war sehr umständlich, nach ein bis zwei Bier die Rändelmuttern zu lösen, also abzuschrauben, um die Sitze zu Liegesitzen umzubauen.

Also beschlossen wir am nächsten Tag die Sitze auszubauen und draußen zu lassen. Statt der Sitze nahmen wir zwei Holzkisten und stellten sie hin. Man saß zwar etwas tief, aber man brauchte die Kisten abends dann nur noch zur Seite zu schieben und schon war das Bett fertig. Wir hatten auch unsere Klamotten im Wagen hängen, alles was man so braucht, es war bald wie im Wohnmobil. Dann ging der Auspuff kaputt und der Wagen knatterte ziemlich laut. Wenn wir bei der Gaststätte Hameister um die Ecke in die Schweriner Straße fuhren, stand schon 200 m weiter die Polizei auf der Straße. (An der Schweriner Straße war damals eine Wache.) Sie hielten uns an, fragten, ob wir jetzt schon darin wohnen würden. Man kannte sich, verabschiedete sich und knatterte weiter.

Einmal fuhren Baby, Charly und ich mit dem Wagen zur Alster, weil wir Mützen-Hubert besuchen wollten, der Portier im „Hotel Bellevue" war, das neben dem „Atlantik" lag. Mützen-Hubert fand es gar nicht so gut, denn er hatte wohl Angst, dass er Ärger bekommt, wenn er mit uns da rumstand.

Er sagte immer: „Heute Abend …" – und machte eine wegscheuchende Handbewegung. Man alberte noch ein bisschen herum, denn er sah ja auch wirklich sehr schick aus mit seiner Uniform, doch dann gingen wir, und Hubert atmete erst mal ordentlich durch. Nun saßen wir wieder im Wagen und stritten uns, weil jeder woanders hinwollte. Baby hielt plötzlich mitten auf der Straße an, und brüllte: „Jetzt ist Schluss, ich fahre nirgendwo mehr hin", nahm den Schlüssel und warf ihn aus dem Fenster. Nun standen wir auf der Straße, An der Alster, suchten erst zu zweit und dann zu dritt zwischen hupenden und fahrenden Autos nach dem Schlüssel. Es war gar nicht so einfach, denn links und rechts fuhren immer Autos auf der Fahrbahn. Schließlich stellte sich Charly auf die Straße und hielt den Verkehr an, dass wir besser suchen konnten und den Schlüssel auch tatsächlich fanden. Dann fuhren wir schweigend nach Rahlstedt zurück.

Ein anderes Mal fuhren Baby und ich in die Hamburger City, fanden aber keinen Parkplatz. Wir fuhren dann auf einen bewachten Platz und wollten dort parken.

Es war ziemlich voll, aber der Parkplatzwächter sagte, dass noch ein Platz frei wäre. Wir fuhren zu dem Platz hin. Baby stieg aus, ging nach vorne und fragte den Park-Fuzzi, ob er ihn einweisen könnte. Er kam mit, stellte sich in die Lücke hin und winkte Baby zu, dass er hineinfahren sollte. Er brauchte nur geradeaus in die Lücke fahren, schlug aber die Räder so ein, das wir auf den danebenstehenden Wagen zufuhren und der Parkwächter wie wild mit seinen Armen wedelte.

Daraufhin fuhr Baby wieder ein Stück zurück und der Wächter winkte wieder. Diesmal fuhr Baby zur anderen Seite auf den dort stehenden Wagen zu, dass er wieder wie wild mit den Armen fuchtelte. Es wiederholte sich noch ein paarmal und wir bemerkten, dass der Parkplatzwächter schon Schweißperlen auf der Stirn hatte. Nachdem es fünf- oder sechsmal so weitergegangen war, wischte er sich die Stirn ab und ging wortlos zu seinem Häuschen zurück.

Der Auspuff wurde notdürftig geflickt, dann riss das Gasseil. Wir befestigten ein Band am Pedal, ich saß hinten und musste dieses immer zurückziehen. Aber wenn wir losfahren wollten, preschte der Wagen gleich mit 40 Stundenkilometer los, dass man kaum um die Kurve kam. Einmal nahmen wir Charly mit und unterhielten uns, doch wunderten wir uns, als wir über den Rahlstedter Bahnhof fuhren, dass er gar keine Antwort mehr gab. Er war, als wir über die Bahngleise fuhren, aus dem Wagen gefallen und wir hatten es gar nicht gemerkt. Wir hatten ihn am Bahnhof verloren.

Am nächsten Abend standen wir beim „Western Story", ich war drinnen und Baby schlief im Wagen, weil er so müde und kaputt war. Als ich ihn weckte, weil er mich woanders hinfahren sollte, rief er: „Ich kann nicht mehr", rastete aus und zertrümmerte vor Wut mit einem Stein die Windschutzscheibe.

Nun saßen wir in Wolldecken gehüllt auf unseren kleinen Kisten, und fuhren ohne Scheibe. Der Wind pfiff wie verrückt ins Auto und man konnte es kaum noch aushalten. Nachdem wir noch eine Zeitlang mit dem Wagen so weitergefahren waren, verkauften wir ihn an Ede, was wir dafür bekommen haben, weiß ich nicht mehr, aber da er über Wechsel lief, hatten wir ja noch gar nichts bezahlt.

Nun zogen Baby, Toni und ich zu Winni.

Winni war 1,90 m groß und hatte riesige Hände, die er auch sehr gut einsetzen konnte, wenn mal was los war. Er fuhr zur See und war deshalb oft längere Zeit nicht zu Hause. Er hatte an der Kühnstraße, etwa neben Kaufmann Seidel, auf einem hinteren Grundstück einen großen Holzbungalow. Allerdings hatte dieser kein fließendes Wasser, sondern nur eine Handpumpe, die man immer mit dem danebenstehenden Eimer Wasser angießen musste. Und es gab noch einen Haken. Das Plumpsklo war noch nicht ganz fertig, also nahmen wir eine Säge in die Hand und machten es fertig. Da es einfacher für uns war, ein viereckiges Loch zu sägen als ein rundes, machten wir es eckig. Man musste sich zwar festhalten, um nicht hineinzurutschen, aber es ging ganz gut. Wir richteten uns häuslich ein und brachten als Nächstes drei Hühner vom Fischmarkt mit, die alle einen Namen bekamen, aber, wie wir feststellten, nie Eier legten. Da wir von abends bis zum frühen Morgen immer Besuch bekamen, war immer reichlich was los. Es kamen auch viele Kellner vom Kiez, die immer Schnaps mitbrachten, und zwar in 10-Liter-Demijohns (größeren Glasballons). Oft war es so, dass man morgens aufwachte und gar nicht wusste, wer da neben einem lag. Irgendwann am Mittag aber waren alle wieder weg und wir waren wieder alleine.

Weil irgendeiner in seinem Brand unseren Wassereimer ausgetrunken hatte, den man zum Angießen der Pumpe brauchte, mussten wir in die Pumpe Schnaps füllen, davon hatten wir ja reichlich. Es war bloß so, wenn man sich gewaschen hatte, war man schon wieder leicht benebelt. Manchmal blieben auch welche zum Frühstück und wollten Eier essen, es liefen ja die Hühner immer herum. Also ging schnell einer von uns zu Seidel und holte welche. Alle waren voller Lob, dass die Eier viel besser schmeckten als gekaufte, und nie bemerkte es jemand, dass die gestempelt waren. Mit den großen Demijohns nahm es langsam überhand, etwa 13 leere standen hinten am Haus, und dann noch die vollen. Also hoben wir eine große Grube aus, wo wir die leeren reinschmissen. (Die Grube wurde später von der Kripo mit einem Bagger ausgehoben).

Dann kam Winni zu einem Kurzbesuch vorbei und sagte uns, dass Fußpilz-Dieter für etwa drei Wochen mit hier wohnen würde. (Fußpilz-Dieter fuhr auch zur See, brachte manchmal ein bisschen Hasch mit und seine Mutter hatte eine Rockerkneipe in der Wendemuthstraße). Unsere Begeisterung hielt sich aber in Grenzen. Winni verschwand wieder, und die Woche darauf traf er ein. Seinen Namen trug er nicht umsonst, denn er hielt jeden Abend seine Füße in eine Wasserschüssel, in die er vorher ein Pulver rührte. Am vierten Tag hielten wir es nicht mehr aus.

Als Fußpilz-Dieter auf dem Plumpsklo saß, ergriffen wir das Gewehr und sagten zu ihm, wenn er nicht verschwindet, schießen wir ihm die Eier ab. Wir standen etwa in fünf Metern Entfernung. Dann sprang er vom Plumpsklo runter und kam auf uns zu. Es gab ein Gerangel um das Gewehr, dabei löste sich ein Schuss und traf Dieter in den Fuß. Er hatte wohl ziemliche Schmerzen, hielt seinen blutigen Fuß und hüpfte schreiend auf einem Bein bald bis zu Seidel. Wir schmissen seine Sachen raus und hatten erst mal wieder Ruhe.

Es blieb alles beim Alten, aber irgendwie war so ein bisschen die Luft raus. Es hieß aber nicht, dass nichts mehr los war. Man konnte noch immer machen, was man wollte.

Aus Langeweile hatten wir ein neues Spiel, man hatte ein großes 1,5-Liter-Glas, ging hinter den Tresen und befüllte es beliebig mit Spirituosen, die einem gerade einfielen. Dann wurde geknobelt und der Verlierer oder Gewinner (kam drauf an, wie man es sah) musste es auf Ex austrinken. Diese zusammengemixten Getränke probierte ich zuerst an Peter aus. Peter hatte so eine Angewohnheit: Wenn er hereinkam, guckte er, wer da war, ging auf ihn zu, nahm ihm wortlos das Glas aus der Hand und leerte es in einem Zug. Ich wartete und wartete. Endlich kam er und dann ging es ziemlich schnell. Peter ging auf mich zu, nahm mir das Glas aus der Hand und schüttete es in sich rein. Dann griff er sich an die Kehle und sackte auf die Knie. Es funktionierte also. Es kam schon vor, dass manche zwei- oder dreimal trinken mussten und vor der Musikbox zusammenbrachen. Oder wenn Charly erzählte, dass er gern ein Cabriolet haben möchte, und Quitten-Arno sich mit Norbert hinausschlich, um ihm den Wunsch zu erfüllen, indem sie mit einer Flex das Dach von seinem Wagen abtrennten.

Zu dieser Zeit ging ich immer mit Willi nach Wandsbek zum Ringen (Hinschenfelder SC?), und nach dem Training gingen wir öfters in die „Oase" an der Holzmühlenstraße, wo wir auch die Gebrüder St. kennenlernten. Sie waren eine Ringerfamilie, die uns dann auch in Rahlstedt besuchte. Dann bekam ich einen neuen Trainingspartner, ein riesiger Kerl (ich glaube, er hieß Grimm und war später ziemlich bekannt). Schon bei der Grundstellung drückte er meinen Kopf so zusammen, dass mir schwindlig wurde, und schmiss mich zigmal auf die Matte, dass ich nicht mehr hochkam. Einmal war es so schlimm, dass ich zu Willi sagte: „Ruf ein Taxi an, ich kann nicht mehr." Beim nächsten Training guckte ich vorsichtig um die Ecke. Meine Miene erhellte sich, er war nicht da. Aber er hatte sich nur verspätet. Nun ging das Spiel wieder von vorne los. Es dauerte dann auch nicht mehr lange, bis ich wieder austrat.

Die Polizei, die uns sowieso auf dem Kieker hatte, war auch immer in der Nähe und nahm auch ohne Grund öfters einen von uns mit, dann ging es auf die 51. Polizeiwache in Wandsbek. Diese war dafür bekannt, dass man in den Keller geschleppt wurde, und dann gab es mit dem Gummiknüppel ordentlich was auf die Knie. (Im Gesicht konnte man es ja gleich sehen).

Wir fuhren oft zum „Star-Club" und blieben bis morgens. Volker kellnerte da, was uns natürlich zugutekam, weil er uns mit Bier versorgte. An einem Wochenende passierte Folgendes: Es kam ein blonder, breitschultriger Mann mit einer dicken Zigarre die Treppe herauf und pöbelte herum. Volker drückte ihm die Zigarre in den Mund und schlug ihn mit zwei Schlägen k. o. Wie es sich herausstellte, war er ein sehr bekannter Profiboxer, der auch schon mehrere Fernsehauftritte hatte.

Wenn Hatschi und ich noch nicht nach Hause wollten, klingelten wir auch öfters Heike und Michael aus dem Bett, um dort noch ein Bier zu trinken.

Oft hingen wir auch bei Gretel und Alfons herum, oder in der „Blockhütte", oder im „Top Ten". Die meisten fuhren morgens nach Hause, aber Hatschi und ich blieben oft da und schliefen manchmal nebenan im Transvestiten-Lokal. Es wurde zusammen gefrühstückt und war immer sehr lustig. Sie erzählten, dass „Er" wieder da war. („Er" war eine sehr bekannte Persönlichkeit, dessen Name ich hier nicht nennen darf). Er kam einmal die Woche, entweder blieb er da oder es ging zu ihm nach Hause. Im Laden hatte man sich einen großen Glastisch für ihn angeschafft, zu Hause hatte er ja einen. Ein Mann oder eine Frau, je nachdem, wie er in Stimmung war, sollte sich draufsetzen und draufkacken. Er lag unter dem Glastisch und guckte sich dann den plattgedrückten Neger an.

Apropos Neger, Neger-Eddy war ein Farbiger, der zuerst hier studierte, bevor er zu uns kam. Er war sehr versiert in mehreren Kampfsportarten und hat uns manches Mal gerettet. Er war ein toller Freund, der alles für einen gemacht hätte. Wir beschafften Eddy erst einmal eine Wohnung, und wenn wir ihn dann besuchten, mussten wir immer lachen. Er sah immer komisch aus in seinem schneeweißen, knöchellangen Nachthemd. Eddy konnte bei Abbruch-Rudi arbeiten. Was uns immer wieder auffiel, war: Wenn wir ein halbes Hähnchen aßen, lag auf Eddys Teller kaum ein Knochen, er aß immer alles mit. Meistens fuhren wir zusammen zum Kiez, oder wir trafen uns da, und ein Treffpunkt war das „Istanbul". Es ging ein paar Stufen hoch und wenn wir in die Nähe kamen, einer in der Waagerechten aus der Tür flog, wusste man, dass Neger-Eddy schon da ist, und am aufräumen war.

Oft fuhren wir auch morgens zum „Club 99" an der Esplanade. Es gefiel uns eigentlich gut da, ob es dem Wirt gefallen hat, weiß ich nicht, denn es kam zum folgenden Vorfall: Es drängten sich etwa 15 Leute durch die Tür, voran ihr Anführer, der uns aufforderte zu verschwinden. Der Kleinste von uns, Michel schrie auf einmal „Los jetzt", stürmte voran und dann ging es los. Es verlagerte sich schnell nach draußen. Fred verfolgte den Anführer um die Autos herum, schnappte ihn sich und schenkte ihm dann etliche Maulschellen ein.

Es war ein sehr bekannter Amateurboxer im Halbmittelgewicht. Kaum zu glauben, aber so eine Kneipenschlägerei ist schon was anderes. (Fred hatte ein gutes Auge und war schnell mit den Fäusten, war aber nie in einem Boxverein gewesen.) Anders war zum Beispiel Atsche, der seinem Gegner schon mal gerne was vom Ohr abbiss, oder Jockel (der Würger), der gerne seine Hände am Hals des anderen hatte.

Das „Tina Lou" führte jetzt Manfred S., und es blieb alles beim Alten. Walter, Fred und ein paar andere von uns kellnerten dort. Dann wurde das „Tina Lou" umbenannt und hieß jetzt „Cleo", und wir ließen wieder anschreiben und bezahlten nie.

Wie der Wirt nach Manfred S. hieß, habe ich vergessen. Baby und ich haben ihn etwa ein Jahr später in Barmbek getroffen, ich glaube, „Fürstenhof" hieß der Laden, er war Geschäftsführer und sagte, er hätte noch was für uns. Wir wussten absolut nicht, was er damit meinte. Nach einer Weile kam er mit drei schon angegilbten Zetteln an und wollte 700 DM von uns haben, die wir noch offen hätten. Wir sagten, dass wir ihm heute die ganze Summe bezahlen würden, aber er sollte erst mal eine Flasche Whisky auf den Tisch stellen. Nachdem wir nun zu dritt die Flasche fast geleert hatten, gingen wir zum Klo und verschwanden. Nun hatte er noch einen Zettel mehr.

Im „Cleo" lief alles nach dem gleichen Muster ab, aber man war nicht mehr so oft da.

Im Rahlstedter Gesellschaftshaus waren wir auch noch, aber es wurde ruhiger. Kleinigkeiten passierten zwar immer noch – Walter war nicht nur ein Brecher, sondern auch ein Spieler. Beim Kartenspiel ärgerte Bubi ihn so (er konnte das sehr gut), dass Walter Bubi zwei Zähne ausschlug.

Buggi war auch da. Buggi war Maurer und von kräftiger Gestalt, und wenn er einen im Tee hatte, sprach er gerne von Gott. Wir kannten ihn ja, aber wenn er einen Fremden erwischte, zog er ihn zu sich heran und sagte mit seiner dunklen Stimme: „Glaubst du an Gott?", dass es dieser schon mit der Angst bekommen konnte. Als eines Vormittags Baby, Buggi und ich übriggeblieben waren, wollten wir noch woanders ein Bier trinken, hatten aber kein Geld mehr. Er wollte zu Hause nachgucken, ob er noch etwas liegen hatte, also gingen wir mit. Buggi wohnte in einer Garage, die er dann aufmachte, und wir gingen hinein. Es war eine richtige Garage, mit einem Schwingtor vorne, aber ohne Heizung. Es standen ein Bett und zwei Schränke in der Garage, die er durchsuchte, aber nichts fand. Aber Baby fand eine Sammelmappe, die voller Münzen war.

Er wollte absolut nicht die Mappe aus der Hand geben, aber wir haben ihn doch überredet und fuhren dann nach Wandsbek in die Pfandleihe. Nachdem wir 80 DM dafür bekommen hatten, fuhren wir zur „Tonndorfer Burg". Buggi redete diesmal nicht über Gott, sondern nur über seine Münzen, und obwohl ich dazu beigetragen habe, tat er mir leid.

Mit Bubi bin ich auch ab und zu in die Leihe gefahren. Bubi war wohl Stammgast dort, denn als wir hereinkamen, sagten die beiden Angestellten hinter den Tresen wie aus einem Mund: „Guten Morgen, Herr W."

Der „Düsseldorfer Hof" war auch noch eine Kneipe, in der wir uns aufhielten und manchmal ausrückten, wenn einer von uns irgendwo Ärger hatte. Es kam nicht allzu oft vor, aber manchmal schon, denn man war schon bekannt, konnte in eine fremde Kneipe gehen und am Tresen pinkeln und einfach wieder rausgehen, ohne dass jemand aufmuckte.

Einmal kam Charly fluchend herein und hatte schlechte Laune, weil seine Dartpfeile weg waren. Verloren oder geklaut, er hatte keine Ahnung. Nach den vierten Bier sagte er, wenn seine Tante doch nur zwei Wellensittiche hätte, wüsste er sich schon zu helfen. Wir fragten, wie denn, und er sagte, er habe an der Fensterscheibe schon eine Dartscheibe aufgemalt, wollte dem Wellensittich kleine Saugnäpfe an den Füßen kleben und ihn dann auf die Fensterscheibe werfen. Aber da es nur ein Vogel war, musste man ja ewig hin und her laufen, das wäre zu umständlich.

Zu dieser Zeit öffnete der „Central Keller" in der Amtsstraße, Ecke Bahnhofsstraße. „Keller" deshalb, weil man einige Stufen runtergehen musste. Die Wirtin hieß Paula, war sehr klein, etwa 65 Jahre alt, trug einen dicken Siegelring und hatte sechs Jahre Zuchthaus hinter sich. Weil Paula keine Konzession hatte, setzte sie alle zwei Tage ihren 70-jährigen Mann – der die Konzession hatte – in die Kneipe.

Paula war uns sehr wohlgesonnen, dass schon am Vormittag die Kneipe voll war. Wenn jetzt mal andere Leute hereinkamen, was bestellten und sie hörte, dass diese tuschelten und sich über die vielen Langhaarigen ausließen, die dort herumsaßen, schlug sie kurzerhand mit ihrem dicken Siegelring dem Gast aufs Auge. Natürlich kamen auch andere Leute herein, vor allem Bundeswehrsoldaten.

Wenn es mal eskalierte, stand Paula hinter dem Tresen und verteilte die Knüppel.

Die Polizei kam natürlich auch öfters, und als sie fragten, woher das ganze Blut kam, sagte sie nur: „Kann ich nicht mal meine Tage haben?"

Den Hunger stillte man, indem man einfach in die Küche ging und sich was machte. Oft ging Paula schon um 20 Uhr nach oben und legte sich hin. Wir lagen wieder unter dem Bierhahn, machten, was uns gefiel, und wenn man dann irgendwann zu ihr sagte, dass man was von seiner Rechnung bezahlen wollte, zerriss sie diese.

An manchen Abenden rief Paula einfach fünf oder sechs Taxis an und wir fuhren alle zum Kiez, wo sie auch alles bezahlte.

Wir lagen wieder unter dem Bierhahn. Paula saß am Tisch und schaute uns dabei zu, bloß es war nicht mehr so lustig wie früher. Forken-Erwin kam herein und brachte Tabletten mit, die er auf Rezept von einem Arzt bekommen hatte. Dieser hatte seine Praxis in der Nähe der Rahlstedter Straße. Der Arzt schrieb ohne Weiteres Rezepte aus. Als ich das erste Mal da war, sagte er zu mir: „Wie lange?". Ich wusste gar nicht, was er damit meinte. Dann fragte er: „Zwei oder drei Wochen?" Jetzt verstand ich das Ganze, er wollte mich krankschreiben, und ich sagte zu ihm, dass ich mir nur ein Rezept holen wollte. Er fragte: „Was denn?", man sagte seinen Wunsch, er guckte in seinem dicken Buch nach und füllte wortlos das Rezept aus. Es ging so einfach, dass viele von uns den Arzt aufsuchten.

Die Tage verstrichen und es gab ab und zu mal Ärger mit den Bundeswehrsoldaten, die dann auch irgendwann einen Zettel unter der Tür durchgeschoben hatten, auf dem stand, dass sie an einem bestimmten Tag kommen wollten, um sich zu rächen. Als der Tag näher rückte, räumten wir die Kneipe leer und stellten das Mobiliar an die Straße, um drinnen mehr Platz zu haben. Schwager sagte in seinem Boxclub Bescheid und die Jenfelder, Gerdi, Klaus und Werner kamen auch. Günter war auch mit dabei (Günter war Ringer, er war mal abgebildet in der Bildzeitung, wo er mit ausgestreckten Armen stand und in jeder Hand einen Zentnersack Kohlen hielt).

Wir tranken noch ein Bier und warteten. Es waren an die 35 Leute zusammengekommen, aber wir reduzierten die Meute auf ca. 20, um noch genug Platz zu haben. Die Zeit verging und wir dachten langsam, dass keiner mehr kommt. Aber auf einmal wurde es ziemlich laut draußen. Nach einer Weile schickten wir Schluppi raus, um die Lage zu peilen. Er kam zurück und sagte, dass alles abgesperrt sei und es vor Polizei und Feldjäger nur so wimmele.

Es war gelaufen.

Am nächsten Tag stand auf der ersten Seite der Bildzeitung die Überschrift: Rache der Bundeswehr vereitelt (das müsste man ja im Zeitungsarchiv nachlesen können).

Die Feldjäger hatten wohl davon Wind bekommen und mit Hilfe der Polizei an die 25 Soldaten eingesammelt.

Am nächsten Tag ging ich erst zu Paula, um beim Einräumen zu helfen, dann weiter zum „Düsseldorfer Hof", wo Michel und die Jenfelder schon da waren (Michel war einer der wenigen, die bei der Bundeswehr waren, aber nur kurz, weil er desertiert ist, und Werner, der unehrenhaft entlassen worden war, weil er im Rausch gegen die Fahne gepinkelt hatte).

Zur Bundeswehr musste kaum einer von uns. Es ging zu dieser Zeit wohl noch einfacher. Wenn man am Morgen zur Musterung gehen musste, schluckte man vorher ein paar Löffel Essig und nahm ein paar Tabletten ein (Essig sollte das Blut verdünnen). Als man dann Kniebeugen machte, sagte der Arzt: „Setzen Sie sich bloß auf den Stuhl" (denn der Puls ging so schnell). Man musste eventuell noch mal zur Nachuntersuchung, wurde aber letztendlich freigestellt, und das klappte bei fast allen anderen auch so.

Und Norbert war auch eine Marke, er saß immer am Tresen auf einem Barhocker wie festgeschnallt, und wenn er richtig breit war, drehte er seinen Kopf nur zur Seite, kotzte und bestellte im gleichen Augenblick ein neues Bier. Nachdem ich einige Zeit dort verbracht hatte, ging ich zum „Cleo". An einem großen Tisch saßen schon Peter, Fritz, Sander, Schluppi, Schwager, Forken-Erwin und Charly. Wir blödelten die ganze Zeit nur herum, bis Charly plötzlich sagte: „Mensch, mir ist auf einmal ganz warm am Bein."

Ich war zu faul, um auf die Toilette zu gehen, und hatte gerade unter den Tisch gepinkelt. Dann ging ich nach nebenan ins Gesellschaftshaus, wo Jockel mit einigen anderen am Tresen stand und sagte, er hätte schon auf mich gewartet. Er fragte, ob ich mit zur Ostsee hoch will. Also fuhren wir zur Ostsee.

Diese Fahrten machten wir schon länger, meistens am Wochenende. Wir fuhren immer mit mehreren Wagen zum Timmendorfer Strand und hatten meistens einen kleinen Schwips, weil alle was getrunken hatten, aber man machte sich damals nicht so viele Gedanken.

Man holte sich Bier vom Kiosk, und konnte dort auch anschreiben lassen, legte sich an den Strand, badete und erholte sich vom ganzen Stress. Obwohl es oft ziemlich voll war, hatten wir immer riesig viel Platz, weil sich wohl keiner in unsere Nähe setzen wollte. Abends, wenn es etwas kühler wurde, verbrannten wir einfach einen Strandkorb. Nach dem zweiten oder dritten Besuch sahen wir oben an der Promenade einen Polizisten stehen, der uns wohl beobachtete. Doch wir sollten noch mehr Aufmerksamkeit bekommen. Wenn wir Sonntag oder Montagabend zurückfahren wollten, spielte sich das folgenderweise ab: Es fuhr ein Polizeiwagen vor, wir ordneten unsere drei oder vier Wagen ein und zum Schluss fuhr wieder ein Polizeiwagen. Es war eine richtige Eskorte.

Sie fuhren mit bis zur Autobahn, winkten und kehrten dann um. Wenn wir dann Samstag oder Sonntag morgens ankamen, war es dasselbe Spiel. Sie begleiteten uns bis zum Strand, fuhren weg, dann stand wieder ein Polizist oben an der Promenade. Bis heute weiß ich nicht, was es damit auf sich hatte. Haben die immer auf uns gewartet? Hätten uns ja auch mal kontrollieren können. Wir gingen natürlich auch mal in Timmendorf abends weg. In einer Kneipe wollte man uns nicht reinlassen, da nahm Pit den Türsteher, hob ihn hoch und hängte ihn an einem Garderobenhaken mit seiner Jacke auf, dass dieser nur noch zappeln konnte. Wir waren ziemlich verwundert, denn Pit war zwar kräftig – er hat als Eisenflechter und Taucher gearbeitet –, war aber sonst ganz ruhig. Nun preschte er so nach vorne, dass wir alle lachen mussten. Als wir am nächsten Vormittag am Strand saßen, kippte ich auf einmal um und war bewusstlos. Da sich alle Sorgen machten, nicht wussten, was sie machen sollten, lief schließlich Jockel zu den Polizisten, der oben an der Promenade stand. Der Polizeibeamte rief einen Rettungswagen an. Der Unfallwagen brachte mich mit Tatütata und einer Alkoholvergiftung ins Krankenhaus. Als ich aufwachte, hatte ich einen stechenden Durst und wollte was aus dem Wasserhahn trinken, aber es kam kein Wasser raus, es war abgestellt. Die Zimmertür war auch abgeschlossen und ich klopfte so lange gegen die Tür, bis jemand aufmachte. Man holte mir ein kleines Glas Wasser und sagte, dass ich nicht so viel trinken dürfte, weil ich noch einmal untersucht werden sollte, und verriegelte wieder die Tür. Ich stieg daraufhin aus dem Fenster und verließ das Gelände. Ich wusste überhaupt nicht wo ich war. Ich ging einfach los, sah dann nach kurzer Zeit ein Schild, das in Richtung Timmendorfer Strand zeigte, und machte mich auf den Weg. Meine Versuche, als Anhalter mitgenommen zu werden, schlugen fehl, denn ich sah nicht so vorteilhaft aus, ich hatte, glaube ich, noch etwas Kotze am Zeug.

Gott sei Dank brauchte ich nicht so weit zu laufen, denn es kamen zwei bekannte Autos auf mich zugefahren, und ich konnte einsteigen und abends wieder ein Bier trinken.

Das nächste Mal auf dem Weg zur Ostsee fuhren wir über die Dörfer und entdeckten ein größeres Gasthaus, wo wir auch einkehrten. Weil wir auch mehrere Leute waren, konnten wir den Saal benutzen, der auch eine Bühne hatte. Bubi ging auf die Bühne und trug Gedichte von Heinz Erhardt vor. Nach etlichen Gedichten brach er aber auf der wohl morschen Bühne ein und als wir ihn herauszogen, entdeckten wir hinter der Bühne zwei Schränke voller Polizeiuniformen, die wir auch anzogen. Es waren zwar schon ältere, Schupo-ähnliche Uniformen mit Mütze, aber wir fanden sie toll, liefen wohl zwei Tage damit herum, und manche wollten schon Autos anhalten, um einen Strafzettel zu schreiben.

Einmal an der Ostsee war Fritz so besoffen, dass er bewegungslos am Strand lag. Sein Hosenstall war geöffnet und sein Ding hing ihm halb heraus. Bubi holte sich einen langen Stock und spielte damit, dass er bald ganz draußen war. Im selben Moment stellte sich ein riesiger Trupp Fliegen ein, die mit einem lauten Summen Fritz umkreisten. Dann wollten wir nach Hamburg fahren und wussten nicht, wohin mit Fritz, luden ihn letztendlich im Kofferraum ein und fuhren los. Als wir uns am nächsten Abend trafen, wunderten wir uns, dass Fritz nicht da war, bis es uns einfiel, dass wir ihn vergessen hatten. Wir liefen schnell zum Wagen, machten den Kofferraum auf, holten dann einen Schlauch, um Fritz und dann den Wagen auszuspritzen, denn er hatte sich vollgekackt.

Baby und ich fuhren zu Winnis Farm. Toni sagte, dass er ausziehen wollte. Da wir Hunger hatten, wollte er was für uns kochen, und zwar ein Huhn. Er sagte, „die legen ja doch keine Eier", also fing er ein Huhn ein und wollte es mit einem Handkantenschlag erlegen. Es klappte aber nicht, das Huhn gackerte (oder lachte) nur ganz laut.

Da kam Quitten-Arno gerade an und übernahm dieses. Nun saßen die beiden da, rupften es, und nachdem es gekocht war, (es sah etwas grünlich aus), mochten Baby und ich aber nichts davon essen, wir konnten es einfach nicht. Man hat ja schließlich die ganze Zeit zusammen verbracht und sich aneinander gewöhnt. Quitten-Arno und Toni aßen davon, aber auch nicht so viel, denn es schmeckte wohl doch nicht so, weil Toni vergessen hatte, den Magen auszunehmen.

Dann zog er in die Buchwaldstraße. Wir besuchten ihn oft dort. Vorne wohnte in einem Wohnhaus seine Vermieterin, eine ältere, ehemalige Schauspielerin. Man konnte an der Seite vorbeigehen und auf dem hinteren Rasengrundstück stand ein kleiner Bungalow. Da man am Vorderhaus vorbeigehen musste, hatte sie immer alles im Auge. Forken-Erwin war auch oft da, und immer, wenn er da war, klopfte es an der Tür (sie fand Erwin wohl so toll). Sie wollte sich mit uns unterhalten. Dabei stand sie immer hinter Erwin, der auf der Couch saß, fummelte in seinen langen, blonden Haaren herum und erzählte von ihrer Schauspielerei.

Dann sagte sie auf einmal: „Soll ich euch mal was ganz Tolles zeigen, ihr werdet begeistert sein, so etwas habt ihr noch nie gesehen."

Nachdem sie dieses noch ein paarmal wiederholte, sagten wir, dass sie uns das denn mal zeigen sollte. Dann ging sie hinaus und nun dachten wohl alle, dass sie jetzt splitterfasernackt ins Zimmer gesprungen kommen würde. Das kam sie auch. Mit einem ballettartigen, riesigen Hüpfer stand sie auf einmal im Zimmer, aber der einzige Unterschied zu vorher war, dass sie einen gewaltigen, wohl einen Meter großen Hut aufhatte.

Ein anderes Mal stand sie wieder hinter Forken-Erwin und wollte ihn entweder in die Schulter beißen oder küssen, jedenfalls, als sie ihren Kopf hob, hatte sich ihr Gebiss an Erwins Schulter festgehakt.

Nachdem er einige Zeit dort gewohnt hatte, feierten wir mit Toni Abschied, weil er nach Göteborg ziehen wollte. Um Luft zu schnappen stand er draußen vor der Kneipe ganz gerade an der Hausmauer, fiel auf einmal wie in Zeitlupe nach vorne um und brach sich das Schlüsselbein. Er musste die Reise verschieben, aber dann zog Toni weiter nach Göteborg. Wochen später fuhren wir auch nach Göteborg um Toni zu besuchen.

Ich fuhr mit Hatschi, Fred, Peter, Baby, Neger-Eddy, Ralf und Behni nach Göteborg.

Toni hatte eine Wohnung in Göteborg und arbeitete im Hafen. Da die Wohnung nicht so groß war, wohnten wir in Askim auf einem Zeltplatz. Der Zeltplatz hatte ein Restaurant und einige Zimmer. Toni brachte uns kistenweise Wodka aus dem Hafen mit und wir machten es uns gemütlich. Auf dem Gelände stand noch ein ziemlich großes Zelt mit einem Chevrolet Impala davor. Es stellte sich heraus, dass es ein Sprössling eines Wandsbeker Wurstfabrikanten mit zwei Freunden war.

Im Zelt hingen Würste und Schinken von der Decke. Am nächsten Abend schenkten wir den dreien erst einmal ordentlich einen ein, bis sie breit waren, holten uns Würste und Schinken aus ihrem Zelt und fuhren mit ihrem Impala nach Göteborg hinein. Wir wiederholten es, bis die drei dann abreisten.

Auf dem Weg zum Wasser kam man an einer eingezäunten Villa vorbei, auf deren Seite sich einige leicht Behinderte zum Strand hangelten. Sie waren alle gleich angezogen, kurze blaue Hosen, weiße Kniestrümpfe, und wir nannten sie „Heinzis". Zwei von ihnen gingen auf dem Rückweg auf unserer Seite mit zurück, und einer von ihnen hieß Ingwer. Toni unterhielt sich auf Schwedisch mit den beiden, schenkte ihnen, bei uns angekommen, einen kleinen Schnaps ein. Nun war es so, dass die beiden uns jeden Tag besuchten.

Zu Fred sagten wir, er könnte sich ja mal die Sachen von Ingwer ausleihen (Kniestrümpfe und kurze Hose), dann würde er bestimmt wesentlich jünger aussehen.

In Göteborg selbst gab es einen Platz, wo sich die Jugendlichen trafen. Ganz in der Nähe standen auch die schwedischen Rackerer (Rocker) und saßen in ihren Ami-Schlitten. Als wir nach zwei Monaten zurückfahren wollten, kam der Restaurantbesitzer auf uns zu und fragte, ob wir nicht noch bleiben könnten, wir würden auch jeden Tag Essen bekommen und hätten alles andere auch frei.

Er hatte eine Warnung bekommen, dass die Rackerer kommen wollten. Also blieben wir, stellten ein paar Knüppel hin für den Notfall, aber nichts passierte. Einmal kam ein kleiner Trupp von sechs Leuten und sie standen vor uns. Neger-Eddy nahm einen Knüppel, schrie: „Ich fress euch alle auf", und verscheuchte sie. Das nächste Mal waren es zwei Mann mehr, aber Eddy verscheuchte sie wieder ganz alleine. Es passierte weiter nichts. Dann beschlossen wir nach zwei Wochen Verlängerung endgültig zu fahren.

Als wir wieder in Hamburg waren, schickte Toni uns ein paar Tage später eine Zeitung. Die Rackerer waren drei Tage später doch noch gekommen, um uns zu besuchen. In der Zeitung stand in etwa, dass die Rackerer mit ihren Ami-Schlitten auf den Platz gefahren waren und mit ihren Fleischerhaken mehrere Personen schwer verletzt hatten.

Baby und ich waren ja wieder auf der Farm und wurden gleich am nächsten Tag von der Polizei abgeholt, sie nahmen uns mit und wir fuhren im Polizeiwagen zum Berliner Tor ins Polizeihochhaus.

Ganz oben angelangt wollte man uns fotografieren und Baby sagte zu mir: „Du musst immer nur lachen", was wir auch taten. Es dauerte an die zwei Stunden und sie haben uns nicht ein einziges Mal fotografiert, sondern warfen uns dann raus. (Hat jemand schon mal ein freundliches Polizeifoto gesehen?)

Abends gingen wir ins „Cleo", das jetzt Hase und Astrid leiteten, und ihnen gehörte auch das „Big Apple" in Barmbek. Wir kamen alle gut mit den beiden aus und besuchten sie in Barmbek öfters.

Später ging es in den „Central Keller", wo es zu späterer Stunde noch eine Schlägerei gab, bei der Quitten-Arno, Schlicki und noch einige andere von uns, den etwa acht, auf der Straße flüchtigen Leuten hinterherliefen. Dabei wurde einer mit einer Gehwegplatte
e r s c h l a g e n !!!!!!!!!

Nun wurde die Luft verdammt dünn.
   Zu Paula in den „Central Keller" kam man nur noch, indem man klopfte und ein Codewort sagte, dann wurde die Tür entriegelt und man schlüpfte hinein.

Wir wichen auch zur „Heftzwecke" aus (hieß später „Aphrodite"), an der Rahlstedter Straße, dort lief es auch ganz gut. Die „Heftzwecke" hatte vorne zur Straßenseite hin große Fenster, mit dicken Samtvorhängen, die bis zum Boden reichten und abends zugezogen wurden. Die Wirtsleute schliefen über der Kneipe. Am ersten Abend, man kannte sich ja noch nicht so, stellten Baby, Ralf und ich uns aus lauter Quatsch einfach hinter die Vorhänge als sie zumachen wollten und wurden nicht bemerkt. Als die beiden dann oben waren und die Kneipe dunkel war, kamen wir hinter den Vorhängen raus, setzten uns am Tresen und tranken erst mal was. Die beiden Wirtsleute kamen aber von den Geräuschen angelockt runter und regten sich furchtbar auf. Wir sagten, dass wir hier nur schlafen wollten. Sie sollten nicht so einen Alarm machen. Danach sagten die Beiden nicht mehr viel, aber an einem Sonntagmorgen saßen zwei Familien mit ihren Kindern an den Tischen und tranken was, als einer, der noch geschlafen hatte, hinter dem Vorhang rausgekullert kam und sie einen sehr großen Schreck bekamen. Der Wirt meckerte ordentlich herum, aber wir kümmerten uns nicht darum.

Dann wurde der „Central Keller" von der Polizei geschlossen. Paula zog erst mal zu Atsche, der auf dem Kiez wohnte. Dass Paula uns freigehalten und wir machen konnten was wir wollten, hatte nur einen Grund. Wir sollten sie rächen. Sie hatte vorher eine Kneipe in Harburg, aus der sie vertrieben wurde, und da wollte sie mit uns hinfahren, damit wir die Harburger aufmischen sollten.

Toni kam aus Schweden zu einem Kurzbesuch. Wir feierten ordentlich und brachten ihn drei Tage später zum Hauptbahnhof. Nachdem wir uns verabschiedet hatten und Toni im Zug saß, fuhren wir nach Rahlstedt zurück.

Da wir alle einen gebechert hatten, passierte in der Rahlstedter Straße in der Höhe vom Fahrradhändler Rossol ein Unfall. Ein Auto wurden aus der Kurve geschleudert. Es kamen Polizei und Krankenwagen. Sie fuhren Volker, Jockel und Knolle ins Krankenhaus. Neger-Eddy lag am Straßenrand und es kümmerte sich keiner um ihn, weil sie wohl dachten, er wäre tot. Dann wurden noch zwei

Leute ärztlich versorgt, ehe man zu Eddy herüberging. Er lebte, und kam auch ins Krankenhaus.

Bis auf Eddy wurden alle nach zwei Wochen entlassen, bei ihm dauerte es länger. Dann konnten wir ihn endlich abholen und überlegten, was wir machen konnten, denn er bekam bei seiner Entlassung eine Rechnung von zigtausend Mark mit, er war ja nicht versichert.

Wir sammelten Geld für Neger-Eddy und besorgten ihm dann noch eine Fahrkarte nach Belgien, wo er gerne hinwollte, weil dort ein Bruder von ihm wohnte. Beim Abschied waren alle sehr traurig.

Zurück auf der Farm sagte Winni, dass er erst mal hierbleiben würde. Baby nistete sich bei seinem Bruder ein und ich zog zu Ralf in die Rahlstedter Straße. Vorne im Wohnhaus wohnten Gockel und Schluppi. Im hinteren Teil lag Ralfs Bungalow. Bei Ralf ging es auch toll zu, es war ein ständiges Kommen und Gehen. Aber wenn wir abends mal die Runde machten, bemerkte man, dass noch sehr viel Polizei unterwegs war. Das mit der Gehwegplatte war noch lange nicht ausgestanden und Baby sagte: „Lass uns erst mal abhauen." Er wollte nach Berlin und fragte, ob ich mitkommen wollte. Dann fuhr er nach Berlin aber ich wusste immer noch nicht, ob ich auch fahren sollte.

Doch zwei Tage später machte ich mich schick, zog meinen riesigen, dicken Fischgrätmantel an, der mir bis zum Knöchel ging und riesig breite Schultern machte, schlüpfte in meine Badelatschen um nach Berlin zu fahren.

Er holte mich vom Bahnhof ab, und als Erstes gingen wir zur Behörde. Dort konnte man einen Zettel unterschreiben, in dem man sich verpflichtete, sechs Monate in Berlin zu bleiben.

Wenn man das tat bekam man ein Begrüßungsgeld von 350 DM. Ich sagte schnell, ich wolle drei Jahre bleiben, ob ich dann 2100 DM bekommen würde, aber man ging einfach nicht auf mich ein.

Baby hatte eine Arbeit als Heizungsmonteur angenommen und wohnte im Wohnheim der Firma. Dort angekommen zeigte er mir dann das Zimmer, das er sich mit drei anderen teilte und die Gemeinschaftsküche. Ich sagte lieber gar nichts dazu. Am ersten Abend nahm Baby den Schlüssel von seinen schlafenden Kollegen und wir fuhren mit dessen Karmann Ghia zum Kudamm.

In der ersten Nacht schlief ich auf dem Fußboden, und als der Mitbewohner in der zweiten Nacht in sein Bett wollte, sagte ich nur, dass ich nicht mehr aufstehe. Ab dann musste er auf dem Fußboden schlafen. Aber so lange blieben wir nicht mehr dort, nach einer Woche wollten wir uns ein Zimmer oder eine Wohnung suchen. Wir hatten in Kreuzberg schnell etwas gefunden, es ging ziemlich einfach, denn es hingen überall Zettel in den Fenstern, die Zimmer anboten. Wir zogen in ein großes Zimmer mit zwei Betten, und ich suchte mir auch eine Arbeit. Zu der Vermieterin sagte ich, dass wir nicht immer pünktlich die Miete zahlen könnten, weil wir unser Geld unregelmäßig bekommen würden.

Dann war der Monat zu Ende. Bevor die Miete fällig war, nahmen wir lieber unseren Zampel und suchten uns die nächste Wohngelegenheit. So kamen wir viel herum und wohnten fast in jedem Stadtteil.

Auf der Arbeit lernte ich Michael kennen, der mich immer mitschleppen wollte zu Demonstrationen, und irgendwann ging ich auch mit. Mit mehreren Hundert anderen, eingehakt bei Michael, lief ich nun mit „Ho, Ho, Ho Chi Minh"-Rufen auf den Lippen durch Berlins Straßen.

Damals war in Berlin fast an jedem Wochenende was los, danach gingen wir noch ein Bier trinken und wir setzten uns an einen Tisch, wo Michael mich mit Horst Mahler bekannt machte. Wir gaben uns die Hand, wechselten ein paar Worte und prosteten uns zu. (Horst Mahler war Mitbegründer der RAF und später ihr Anwalt.) Michael zeigte dann auf einen anderen Tisch und sagte mir, dass dort Rudi Dutschke sitze. Die beiden habe ich noch öfters gesehen, aber so viel wusste ich damals noch nicht über sie. Dann riss der Kontakt ab, weil Baby und ich uns entschlossen hatten, mit der Arbeit aufzuhören. Es stand wieder ein Umzug an. Wir zogen wieder Richtung Kreuzberg, wo unser nächster Vermieter Grigoleit hieß. Da ich immer das Geschäftliche machen musste, klingelte ich. Er zeigte mir zwei große, möblierte Zimmer, die mit einer Schiebetür verbunden waren, und es gefiel mir sehr gut. Also setzten wir uns an einen Tisch und er schrieb den Mietvertrag auf einen Zettel. („Miete für Monat … erhalten von"). Wir unterschrieben beide und ich gab ihm die 50 DM.

Da es aber unser letztes Geld war, nahm ich es ihm in einem unbemerkten Augenblick wieder weg und steckte es in die Tasche. Dann verabschiedeten wir uns und sagten beide „Bis morgen".

Am nächsten Morgen standen wir mit unserem Zampel vor der Tür und klingelten, aber er machte nicht auf. Uns tat schon der Finger weh vom Geklingel. Dann stand er hinter der Tür und rief: „Ich lasse Sie nicht rein, bezahlen Sie erst mal die Miete." Es ging die ganze Zeit so weiter und uns blieb nichts anderes übrig, als die Polizei zu rufen. Es kamen zwei Polizisten. Wir zeigten ihnen den Vertrag. Nun pochten und klingelten sie an die Tür, und riefen: „Polizei, machen Sie bitte auf." Er machte dann auf. Die Polizei erklärte dem Vermieter, dass wir einen gültigen Vertrag hätten und er uns reinlassen musste. Nun wohnten wir bei Herrn Grigoleit. Er kam fast jeden Abend in unsere Zimmer, manchmal sogar um Mitternacht, und sagte jedes Mal, dass wir die Miete nicht vergessen sollten. Dann zogen wir um in die Schenkendorfstraße in Kreuzberg.

Der Vermieter hatte unten im Haus einen Gemüseladen. Ich stellte uns als Studenten vor, betonte wie immer, dass wir auf die Überweisungen aus Hamburg warten müssten und nicht immer gleich bezahlen könnten. Es gab keine Probleme. Wir konnten gleich noch einen Großeinkauf machen, er schrieb alles auf. Dann gingen wir auf unsere Zimmer, standen am Fenster und tranken unser Bier. Wir machten einen Spaziergang um den Häuserblock, bemerkten, dass sich eine Kneipe an die andere reihte, die wir dann auch besuchten. Als wir einen kleinen Schwips hatten und nach Hause gingen, bemerkten ich, dass wir den Schlüssel für die untere

Haustür vergessen hatten. Baby sagte, kein Problem, er würde die Regenrinne hochklettern, ich sollte ihn nur von unten zum richtigen Fenster lotsen, und schon kletterte er los. Ich sagte „noch höher". Er war schon etwa acht Meter hoch gekrabbelt, wir wohnten im zweiten Stock. Dann sagte ich: „Nach rechts, da ist das gekippte Fenster." Er entriegelte es, rief mir zu, dass er gleich unten aufmachen würde, und kletterte hinein. Aber zum Aufmachen kam es erst mal nicht. Er musste erst mal die kreischende Frau beruhigen, denn es war das falsche Fenster gewesen.

Eines Tages klingelte es an unserer Tür, aber es wollte keiner von uns aufmachen, da wir dachten es wäre die Polizei. Doch dann ging Baby an die Tür und ich hörte ihn mit einer Frau sprechen. Es war nicht die Polizei, aber fast, denn es war meine Oma. Sie war auf einem Kurzbesuch in Berlin und hatte die Adresse von meiner Postkarte. Ich wusste gar nicht, was ich sagen sollte, so geschockt war ich, wie sie hereinkam. Sie setzte sich in einen von unseren beiden Sesseln, nahm aber leider den ganz kaputten und sackte mit einem Aufschrei gleich bis zum Fußboden durch, dass wir sie zu zweit hochziehen mussten. Nachdem sie kopfschüttelnd die Zimmer begutachtet hatte, setzte sie sich in den heilen Sessel, der nicht ganz bis zum Boden durchsackte. Dann kam wie immer das Gespräch auf die Haare, die immer noch nicht so waren, wie Oma es gerne hätte. Ihrem Wunsch nach einem Kaffee und Keksen konnten wir leider nicht nachkommen, weil wir überhaupt nichts zu Hause hatten. Aber wir schlugen ihr vor, zum Café an der Ecke zu gehen. Nun saßen wir dort, tranken Kaffee und aßen eine fette Torte (mir war es etwas peinlich, weil ich schon mal hier gewesen war und nach Kuchenresten gefragt hatte). Baby und ich bestellten uns noch ein zweites Stück Torte, während Oma uns weiter ausfragte. Dann bezahlte Oma, schob mir 200 DM rüber und ließ sich ein Taxi rufen. Wir verabschiedeten uns, sie stieg ins Taxi, fuhr zum Flughafen, und wir riefen uns auch eins und fuhren mit dem Taxi zum Kudamm ins „Big Eden".

Als wir ein paar Tage später in der Abstellkammer einigen Krempel fanden, bauten wir uns daraus eine Angel, versuchten von unserem Fenster aus den aufgebahrten Obst- und Gemüsekisten was zu uns hochzuangeln, was uns auch gelang. Aber da so viele Leute an ihren Fenstern hingen und rausschauten, blieb es nicht unbemerkt. Es klopfte an unserer Tür. Der Vermieter sagte, wir möchten bitte bezahlen und dann ausziehen. Wir haben uns dann für das Zweite entschieden und zogen wieder um. Das mit dem Umziehen hatten wir gut im Griff, und wenn wir abends losgingen, um noch ein Bier oder Schnäpschen zu trinken, klappte dieses auch ganz gut. Wir gingen immer etwas weiter von unserem derzeitigen Wohnort weg, bestellten Bier oder dergleichen und bevor es ans Bezahlen ging, waren wir verschwunden. Nur mit dem Essen hatten wir Probleme. Einmal schlug ich Baby vor, er sollte sich morgens in der Nähe der Schule aufhalten und den ankommenden Kindern das Schulbrot abluchsen, aber er ließ sich nicht überreden. Er wollte nicht alleine losgehen und so ging ich am frühen Morgen mit. Wir stellten uns in eine Hofeinfahrt und die Schulkinder gingen an uns vorbei. Wir wussten einfach nicht, wie wir es anstellen sollten, man konnte ja nicht die Kinder überfallen, und Fragen war ja auch blöd. Also wieder nichts.

Baby hatte auch eine Idee. Er wollte sich auf dem Markt hinstellen, der zwei Straßen weiter immer aufgebaut wurde. Er hatte einen größeren Pappkarton, in den er drei größere runde Löcher geschnitten hatte. Hinten eins und vorne zwei, und er wollte den Karton noch bunt anmalen. In das hintere Loch wollte er sein Ding reinlegen, und in die vorderen zwei Löcher sollten die Leute, wenn sie eine Mark bezahlten, mit ihren Händen ertasten, was sich im Karton befindet. Wer es richtig hat, bekommt seine Mark wieder. Wir sprachen es durch, kamen aber zu der Meinung, dass doch nicht so viel Geld dabei zusammenkommen würde.

Dann fiel mir was anderes ein und ich sagte: „Komm, wir gehen zum Kudamm." Wir gingen hin und warteten. Baby hatte schon gar keine Lust mehr, aber ich sagte: „Es geht gleich los." Dann endlich kam ein Reisebus an und die Leute stiegen aus. Wir reihten uns bei den ganzen Leuten einfach mit ein und fuhren mit einen Fahrstuhl nach oben. Dann ging es ins Restaurant und wir setzten uns an einen gedeckten Tisch. Die beiden uns gegenüber guckten zwar komisch, sagten aber nichts. Es gab eine leckere Suppe, die sehr gut schmeckte, und wir warteten auf die Hauptspeise. Als der große Teller mit Fleisch, Gemüse und Kroketten ankam, konnten wir es leider nicht mehr genießen, denn wir fielen wohl doch auf und es wurde durchgezählt. Dann mussten wir mit dem Fahrstuhl wieder nach unten fahren.

Ein anderes Mal hatten wir abends so einen Hunger, dass wir noch losgingen. Es war schon später, als wir in ein Gasthaus einkehrten. Wir fragten nach der Speisekarte, aber der Kellner sagte, dass die Küche jetzt schon zu wäre, er hätte nur noch was Kaltes. Also bestellten wir Kartoffelsalat, ein kaltes halbes Hähnchen, Frikadellen und drei Bier. Es dauerte nicht lange. Der Kellner brachte alles ran und fragte, wofür das dritte Bier wäre. Als wir sagten, das wäre für ihn, bedankte er sich überschwenglich und prostete uns zu. Wir bestellten noch ein paar Schnäpse und Biere, natürlich auch für unseren neuen Freund. Dann sagte er zu uns, dass er solche netten Gäste noch nie gehabt hätte. Wir dachten, bevor er mit uns noch Brüderschaft trinken will, verschwinden wir lieber. Als er bei der nächsten Bestellung den Raum verließ, kletterten wir aus dem Fenster und stellten uns etwas versteckt auf die andere Straßenseite. Wir mussten so lachen, wie er vor dem Lokal stand, wie wirr hin und her lief und uns verzweifelt suchte.

Aber so ging es nicht weiter. Ich sagte zu Baby, er müsse wieder arbeiten gehen. „Wieso ich?", fragte er und ich beruhigte ihn, indem ich sagte, dann eben wir beide. Jeden Tag wollten wir auch nicht hin, deshalb entschieden wir uns für Kudemann. Kudemann war ein Sklavenhändler, der Arbeiter an Firmen vermietete. Wir wollten am nächsten Tag in der Früh gleich los. Als wir morgens das Fenster aufmachten und rausriefen, wie spät es sei, rief jemand zurück, viertel sieben. Das hatten wir ja noch nie gehört, waren genau so schlau wie vorher und legten uns wieder hin. Aber am Tag darauf gingen wir los, und als wir bei Kudemann ankamen, bildete sich dort eine kleine Schlange, in die wir uns einreihten. Es wurde lediglich der Name aufgeschrieben und man bekam 27 DM bar auf die Hand. Es wurde gesagt, wohin man gehen sollte: zu Philips, Siemens usw. Wenn mehrere Leute dahin sollten, wurden sie mit einem VW-Bus dorthin gefahren. 31 DM bekam man, wenn man mit der Bahn fuhr. Wir fuhren meistens mit der Bahn, kauften uns von dem Geld auf dem Bahnsteig erst mal eine dicke Zigarre, tranken einen Kurzen, und dann ging es los. Einmal waren wir bei Siemens, sollten fünf Meter lange und ziemlich dicke Rohre woanders hinlegen. Wir fassten beide ein solches Rohr an, es war viel zu schwer für uns so früh am Morgen, und so gingen wir dann einfach wieder nach Hause. Am nächsten Tag sagten wir: „Zu Siemens wollen wir nicht". Man bekam wieder sein Geld und wurde woanders hingeschickt. Nach einem Kurzen und einer Zigarre am Bahnhof waren wir bei Schwarzkopf. Wir wurden in einen Raum geführt, in dem eine größere Durchreiche (Luke) vorhanden war, durch die man gucken konnte. Dort sah man in der Mitte ein Laufband und an beiden Seiten des Bandes saßen mehrere Frauen, die an Dosen herumfummelten. Unsere Aufgabe war es, die Taft-Dosen, die bei uns in dem Raum ankamen, vom Laufband zu nehmen und in Pappkartons zu stellen.

Dann ging es los. Es war eine recht angenehme Tätigkeit, und nach einiger Zeit machten wir eine Pause. Als wir dann wieder zurückkamen und in unseren Raum wollten, bekamen wir die Tür nicht mehr auf, weil das

Band immer weitergelaufen war und der Raum voller Dosen lag.

„Nicht wieder zu Schwarzkopf", sagten wir.

Jeden Tag gingen wir nicht hin, denn wenn am Morgen auf dem Weg zu Kudemann die Sonne durchkam, drehten wir oft um und gingen in die Badeanstalt oder legten uns in einen Park. Das nächste Mal bei Kudemann wurden wir zum Güterbahnhof geschickt und sollten Holzpaletten aus den Waggons entladen, was wir auch machten.

Als am zweiten Tag in der Mittagszeit die anderen Mitarbeiter in der Kantine waren, nur Baby und ich noch draußen herumsaßen, kam eine kleine Gesandtschaft angelaufen. Die Frau und die beiden Männer gingen auf Baby zu und fragten nach dem Vorarbeiter. Baby zeigte mit dem Finger wortlos auf mich. Dann kamen sie zu mir rüber. Ich gab mich als Vorarbeiter aus, wir begrüßten einander und gingen zu den Güterwaggons. Sie wollten wissen, ob die Paletten in den Waggons auch immer gut gestapelt seien und ob es beim Entladen Schwierigkeiten gäbe. Ich sagte, dass alles in bester Ordnung ist und ich vollkommen zufrieden bin. Dann zog die Frau einen Umschlag aus der Tasche. Sie übergab mir 1000 DM, die ich unter den Leuten aufteilen sollte. Danach verabschiedeten sie sich und verschwanden.

Und das taten wir auch.

Nun hatten wir wieder Geld und wollten in die „Dachluke" gehen, von der wir schon mehrmals was gehört hatten. Wir saßen abends gegenüber der „Dachluke" in einer Kneipe, bestellten uns eine Flasche Schnaps und tranken sie aus. Wir wollten uns anfüttern, damit es in der Dachluke nicht so teuer wurde. Dann gingen wir über die Straße und wollten zur „Dachluke". Der Name bestand zu Recht, denn man musste fünf Stockwerke ein enges Treppenhaus hochlaufen. Also verschoben wir es, denn an diesem Abend war es uns zu anstrengend, und gingen wieder in die Kneipe zurück.

Am nächsten Abend noch mal dasselbe, wir saßen in einer anderen Kneipe, die sich schräg gegenüber der „Dachluke" befand, und bestellten uns etwas zum trinken. Wir saßen an einem Tisch. Am vollbesetzten Tresen waren nur fröhliche und lachende Leute. Wir wussten nicht, was mit denen los war, aber wir fanden es dann heraus, weil zwei Plätze frei wurden. Wir setzten uns hin und bemerkten, dass hinten am Tresen über die gesamte Fläche, auf einer Länge von mindestens zehn Metern, ein Zerrspiegel angebracht war, wie auf dem Dom – und je mehr man trank, um so lustiger wurde es.

Wir besuchten die Kneipe noch öfters, denn man konnte den ganzen Abend nur lachen.

Dann gingen wir nach drüben und schleppten uns die fünf Stockwerke hoch, doch oben angekommen wollte man uns nicht reinlassen. Wir verstanden die Welt nicht mehr, hatten gar nichts gemacht und durften nicht rein. (Was wir nicht wussten: Es war eine geschlossene Veranstaltung an diesem Abend.) Wir wollten aber rein, und es kam zu einer Schlägerei. Als wir schon ein ganzes Stück weiter vorangekommen waren, hörten wir Lärm und Geschrei im Treppenhaus. Wie wir uns dann umdrehten, sahen wir Polizisten die Treppe hochlaufen. Wir warteten, bis die ersten Polizisten fast oben angekommen waren, denn durch die Enge des Treppenhauses konnten immer nur zwei nebeneinanderstehen, die wir auch immer gut abfertigen konnten. Es lagen drei Polizisten am Boden, aber dann wurden wir überwältigt. Man legte uns Handschellen an, schubste uns dann die Treppen runter, und einige Male fiel man aufs Gesicht, weil man die Hände auf dem Rücken hatte. Man setzte uns in eine grüne Minna und die sechs Polizisten, die verteilt um uns herumsaßen, schlugen auf der Fahrt zur Wache immer mit ihren Gummiknüppeln auf uns ein. Auf der Wache angekommen sollte ein Arzt uns erst mal Blut abnehmen. Die Beamten hörten aber nicht auf zu schlagen, dass der Arzt schon rief, sie sollten aufhören, er könne seine Arbeit nicht machen. Aber sie hörten nicht auf. Dann sprang Baby plötzlich auf den Tisch, hielt eine Schere in der Hand und schrie: „Wenn mich noch einmal jemand schlägt, dem steche ich die Augen aus!"

Nun brach ein Tumult aus, die Polizisten zogen alle ihre Waffen und es strömten immer mehr Beamte herein. Vier Polizisten brachten mich mit Waffengewalt in einen anderen Raum, den sie dann abschlossen. Ich war in dem Raum eingeschlossen, hörte den Lärm und wusste nicht, was ich machen sollte. Dann schlug ich die Scheibe ein, kletterte aus dem Fenster, legte mich auf der anderen Straßenseite in Deckung und wartete. Einmal schlich ich mich noch heran, schmiss einen sehr großen Stein durch die vordere Scheibe der Wache, weil mir nichts anderes einfiel, versteckte mich wieder und wartete. Fast zwei Stunden später schmissen sie Baby raus. Wir trotteten nach Hause und kühlten unsere Wunden. (In der Anklageschrift hieß es, das wir einen Polizisten schwerer und zwei leicht verletzt hatten. Wir mussten etwa anderthalb Jahre später zur Gerichtsverhandlung wieder nach Berlin.)

Dann brauchten wir Erholung und zogen nach Kohlhasenbrück raus, was dicht am Wasser lag.

Da dort wenig Häuser standen, fanden wir kein Zimmer. Aber wir fanden einen Zeltplatz. Dieser lag direkt am Wasser, dort konnten wir uns auch ein größeres Zelt mieten und beschlossen, dort zu bleiben. Ein paar Zelte standen noch auf dem Gelände herum, sonst überwiegend Wohnwagen mit Urlaubern. Oben auf einem kleinen Hügel waren ein Kiosk und ein Einkaufsladen. Wir gaben uns wieder als Studenten aus, die immer auf ihre Überweisungen warten müssen. Wenn wir in den Laden gingen, kauften wir nur eine Kleinigkeit und stopften uns auf dem Weg zur Kasse die Taschen voll. Von unserem Zelt waren es nur 20 Meter zu einem Kanal, an dem ein größeres Schlauchboot lag. Nachdem wir gefragt hatten, bekamen wir die Paddel, durften es benutzen, und das taten wir fast täglich. Baby sagte immer: „Steig du zuerst ein, du bist schwerer", dann stieß er es ab und wollte reinspringen, aber jedes Mal landete er im Wasser. Weil ich mich immer köstlich amüsierte und mich gar nicht wieder einkriegen konnte, nahm er mir beim x-ten Mal die Ruder weg und stieß mich ab. Ich trieb auf dem Kanal und hörte auf einmal ein lautes Tuten. Der Ausflugsdampfer kam auf mich zugefahren, Baby stand am Land, lachte sich tot und ich paddelte wie wild mit meinen Händen, um aus der Fahrrinne zu kommen.

Ab und zu versuchten wir zu angeln, hatten aber nur Band und Sicherheitsnadeln und Plötzol, welches wir uns aus dem Laden besorgten. Plötzol war ein Angelfutter aus der Tube, man rollte eine kleine Kugel und machte es am Haken fest. Einmal fingen wir sogar einen kleinen Fisch, den wir aber wieder hineinschmissen, aber das Plötzol roch so gut, dass wir manchmal, wenn wir nicht soviel zum Essen hatten, es uns aufs Brot schmierten.

Eines Morgens hatte ich absolut keine Lust zu arbeiten und Baby zog alleine los. Als er zurückkam, stand ich oben am Laden und war etwas duhn. Er war sauer, dass er alleine losmusste, ich aber die ganze Zeit am Kiosk stand und was getrunken hatte. Dann gab er mir einen Schubs, dass ich den Hügel runterkullerte und mir den Finger weh tat. Am nächsten Tag war er ganz dick und tat immer noch ziemlich weh. Wir fuhren zum Krankenhaus, wo festgestellt wurde, dass er gebrochen war. Der Finger wurde eingegipst. Beim Angeben der Personalien sagte ich, dass ich die Krankenkassenkarte vergessen hatte, und gab einen falschen Namen an, weil ich nicht versichert war. Die Karte sollte ich die nächsten Tage vorbeibringen.

Aber zwei Tage später schnitt ich den Gips auf, damit ich wieder mit zur Arbeit gehen konnte, und weil ich den Gips abnahm, ist mir der Finger schief angewachsen.

Auf dem Weg zur Bahn gingen wir über eine Brücke, auf der ein Mann stand, den wir aber weiter nicht beachteten. Erst als sich einer von uns umdrehte, sahen wir, dass er vor dem Geländer stand, seine Hände auf dem

Rücken hatte und im nächsten Moment schon sprang er. Wir liefen hin, hechteten ins Wasser und holten ihn raus. Er hatte tatsächlich versucht, sich die Hände zu fesseln. Einer ging zur Telefonzelle, um die Polizei anzurufen. Wir waren klitschnass, als die Polizei eintraf.

Aber als sie sagten: „Ach, der schon wieder. Das ist diese Woche schon das zweite Mal", waren wir bedient. Es tropfte von uns herunter und wir bekamen nicht mal ein Lob.

Kurz bevor man bei Kudemann ankam, konnte man sehen, dass die Leute von überall herkamen, um sich anzustellen. Manche hatten noch Gras im Haar, weil sie wohl im Park gepennt hatten Als wir dann wieder über die Brücke gingen, war es für uns erledigt, nie wieder den Lebensretter spielen.

Nachdem wir vom Sklavenhändler kommend auf dem Bahnhof standen, unsere Zigarre geraucht und unseren Kurzen getrunken hatten, fuhren wir zu Diamond-Batterien. Man führte uns durch einen langen Bungalow und wir kamen an verschiedenen Räumen vorbei, in denen sich Batterien stapelten. Als wir ganz hinten angekommen waren, sagte man uns, dass wir eine Mauer einhauen sollten. Es hatte mit Batterien ja nicht viel zu tun, aber egal, wir waren voller Tatendrang.

Jeder bekam einen großen Vorschlaghammer und dann fingen wir an. Wir haben uns derart in einen Rausch gearbeitet, dass nicht nur die eine, sondern auch die angrenzende Wand mit Decke einstürzte und man uns daraufhin den Hammer wegnahm.

Wir sagten beim nächsten Kudemann-Besuch, dass wir nicht wieder zu Diamond wollten.

Die Zeit verstrich und es wurde kälter. Am Kiosk bezahlten wir ab und zu was, aber das Meiste ließen wir anschreiben. Es war nur noch ein Zelt auf dem ganzen Platz, nämlich unseres, und noch zwei Wohnwagen. Wenn man am Morgen aufstand und rausging, hatte ich zwar meinen dicken Mantel an, aber als der leichte Schneefall meine nackten Füße in den Badelatschen umspielte, war es wieder Zeit für einen Umzug.

Wir verließen in aller Frühe leise das Zelt, machten es zu und schlichen am Laden vorbei nach draußen.

Wieder auf Wohnungssuche landeten wir in Zehlendorf und mieteten uns wie üblich ein. Da wir ja schon öfters umgezogen waren, musste man ja schon aufpassen, dass man nicht aus Versehen bei jemandem klingelte, bei den man schon mal gewohnt hatte.

Es waren zwei schnucklige Zimmer mit Küchenbenutzung und es lief wieder nach dem gleichen Muster ab. Ein altes, hartes Mohnbrötchen lag einsam in einer Schale, sonst war alles leer, also gingen wir einkaufen. Mit unseren 50 DM gingen wir in einen größeren Laden. Wir nahmen jeder einen Einkaufswagen und stellten je eine Kiste Bier und eine Flasche Schnaps hinein. Dann etwas zu essen, Brot, Käse, Butter usw. achteten darauf, dass wir alles genau gleich in den Einkaufswagen packten. Dann ging Baby zur Kasse, bezahlte und ging raus. Ich ging kurz zu ihm hin, nahm seinen Bon und ging wieder in den Laden. Dann holte ich mir ein Kaugummi und stellte mich an eine andere Kasse. Als ich dran war, sagte ich, dass ich es vergessen hatte, und sie kassierte das Geld für das Kaugummi. Dann gab ich den Bon hin. Sie guckte kurz auf den Bon und in den Einkaufswagen, verglich kurz alles und winkte mich durch. Ich ging hinaus, musste aber noch einmal in den Laden zurück, um mir eine weitere Tüte zu holen. Wir schleppten dann unseren doppelten Großeinkauf, Kisten und Tüten nach Hause und räumten alles schön ein.

Bevor der Monat zu Ende ging, zogen wir wieder um nach Kreuzberg.

Als wir dann in einer Kneipe hockten, sahen wir Grigoleit, unseren ehemaligen Vermieter, aber durch seine dicke Hornbrille bemerkte er uns nicht. Das Wetter wurde ungemütlicher, kälter und es schneite ab und zu. Wir riefen Ralf in Rahlstedt an, er sollte uns Geld schicken, wir wollten zurückkommen.

Man brauchte Geld, um aus Berlin wieder rauszukommen, denn man musste durch die DDR fahren.

Ein paar Tage später traf das Geld von Ralf ein, es waren 300 DM. Wir packten unseren Zampel zusammen und wollten uns morgens ein Ticket am Bahnhof kaufen.

Abends gingen wir erst zum Essen und zum Abschluss noch mal um den Block. Am Vormittag, als wir aufwachten, konnten wir uns keine Fahrkarten mehr kaufen, weil wir kein Geld mehr hatten.

Da wir nicht die ganzen Telefonnummern bei uns hatten, rief ich meine Oma an. Als das Geld von Oma ankam, blieben wir abends zu Hause. Mit einem frohen Lied auf den Lippen und dem Zampel auf den

Rücken gingen wir zum Bahnhof und kauften unsere Fahrkarten.

Zum allerletzten Mal rauchten wir eine Zigarre und tranken einen Kurzen auf dem Bahnsteig.

Ein Jahr Berlin war auch genug.

In Hamburg angekommen wurden wir von vielen Freunden abgeholt.

Es hatte sich in Hamburg allerhand geändert, zwar arbeiteten Volker und Günter immer noch als Rausschmeißer – Walter, Forken-Erwin und einige andere kellnerten ab und zu, die Kneipen hatten sich verändert, Preludin gab es nur noch mit einer Kackspalte, es war ein brauner Ring in der Mitte, und wenn man nur zwei nahm, bekam man die Scheißerei.

Viele gingen einer festen Beschäftigung nach, was wir dann auch irgendwann taten.

Ich wohnte nun wieder zu Hause und arbeitete im Familienbetrieb, wo Fred und Michael schon ein Jahr vorher angefangen hatten zu arbeiten. Das Wohnhaus war das erste Haus in der Straße, und mit seinen Türmchen sah es schon toll aus. An der Rückseite des Hauses war der Betrieb angebaut und ich musste nur ums Wohnhaus zur Arbeit gehen.

Im Betrieb waren zu der Zeit etwa fünfzehn Leute angestellt und es wurden Selbstauslöser für Fotoapparate hergestellt, worauf ein Patent angemeldet war und die in die ganze Welt verschickt wurden. (Die Produktion wurde allerdings später eingestellt). In den Folgejahren ging es vor allem um das Hartverchromen für Kettensägen.

Da man aber immer noch viel wegging, auch in der Woche, man oft erst am Morgen nach Hause kam, war man öfters müde auf der Arbeit und hatte auch nicht die richtige Lust. Aber dagegen gab es wieder etwas Neues. Es gab die AN 1, die man in der Apotheke kaufen konnte, sie waren frei verkäuflich und auf dem Beipackzettel stand „gegen Müdigkeit und Arbeitsunlust". Das war genau das Richtige. Wenn man diese einnahm, war man putzmunter und konnte gar nicht aufhören zu arbeiten. Selbst wenn man sich zwang, sich hinzusetzen, um eine Pause zu machen, ging es einfach nicht. Man musste einfach was tun, und wenn man sich den Besen nahm und den Hof fegte, es ging einfach nicht anders. (Tabletten wurden später verboten).

So ließ es sich arbeitsmäßig aushalten. Man verdiente recht gut (war am Umsatz beteiligt), ging aber in der Woche und am Wochenende weg und gab alles wieder aus.

Es war allgemein ruhiger geworden und so verstrich die Zeit.

Dann, als man wieder mal unterwegs war, bemerkte ich eine vom Wuchs her kleine Blonde, die ich schon ab und zu gesehen hatte. Fred bemerkte wohl meinen Blick, denn nur einige Tage später lud er mich ein, um beim Aufbau der elektrischen Eisenbahn für seinen Sohn zu helfen. Freds Frau Helga hatte die kleine Frau auch eingeladen. Sie waren Freundinnen und Helga wollte uns verkuppeln, was ihr auch gelang. Wir gingen abends noch ins „Big Apple" in Barmbek, und am selben Abend stellte ich noch die Frage, wie es damals in der Schule üblich war: „An oder ab?" Sie sagte „An", und so wurden wir ein Paar.

Es gab auch mal eine Zeit, in der ich Gedichte schrieb, und zwar sollten diese ein bisschen lustig sein, so in Richtung Heinz Erhardt. Ich weiß nicht, ob mir das so gelungen ist, aber manchmal sprudelte irgendein Unsinn aus einem heraus.

Da Helga mich immer wieder drängte und auch keine Ruhe gab, ihr ein Gedicht zu schreiben, gab ich dann nach. Ich versprach es ihr zu ihrem Geburtstag am nächsten Wochenende.

Am Tag des Geburtstags übergab ich ihr das Gedicht. Sie bestand darauf, das ich es vorlesen sollte, was ich dann auch tat.

Das Geburtstagskind

Als sie 25 wurde, und das war vor vielen Jahren,
da bin ich noch gern zu ihrem Geburtstag gefahren.
Sie war lustig und hatte ein sehr lautes Organ,
auch von ihrem Aussehen war man angetan.
Doch jetzt, man traut kaum seinen Ohren,
hat sie von ihrem Aussehen allerhand verloren.
Ihr Alter möchte ich nicht nennen, sie kann ja nichts dafür –
ich sage nur eins, die Wechseljahre stehen vor der Tür.
Mit ihrer überlangen Nase war sie am ärgsten dran,

da ließ sie sogar einen Spezialisten ran.
Über die Nase war gleich ein jeder bestürzt,
drum hat der Arzt diese auf die Hälfte gekürzt.
Das sollte genügen, so meinte man überall,
aber es war natürlich nicht der Fall.
Selbst den Mann störte diese Nase sehr,
denn sie war oft im Weg beim abendlichen Verkehr.
Lag sie mal auf dem Bauch, die Nase im Kopfkissen,
hat sie mit ihrer spitzen Nase das Bettzeug zerrissen.
Und einmal anders, beide dachten, jetzt hätten sie es raus,
stieß sie ihm beinahe mit der Nase das Auge aus.
Nun, wo die Nase auf die Hälfte reduziert,
hat er endlich eine neue Stellung ausprobiert.
Die Nase ist zwar noch lang und fällt noch jedem auf,
doch diese halblange nimmt der Mann schon eher in Kauf.
So, jetzt ein Stück weiter, wir bleiben aber im Gesicht,
sitzt Falte neben Falte, dicht an dicht.
Es sind ja so viele, man kann nicht alle zählen,
höchstens ein paar besondere mal eben auswählen.
Da sitzt eine überm Auge, ganz dick und lang,
die sieht bald aus wie ein hochgezogener Vorhang.
Und auf den Lippen, so kleine und nette,
man meint, ihr Mund wäre eine Rosette.
Auch die Nase blieb von Fältchen nicht verschont,
sie ist von Hunderten von ihnen bewohnt.
Und auf den Händen, man könnte meinen, sie hätte Gicht –
denn auch dort sitzen Falten dicht an dicht.
Sämtliche Salben hat sie versucht, alles hat sie gemacht,
aber es hat ihr nur neue Runzeln eingebracht.
Letzten Geburtstag hat man schon die Nase gerümpft –
einer meinte heimlich, sie sähe aus wie Lederstrumpf.

In ihrer Haut möchte ich nicht stecken,
dann lieber ein paar Jahre früher verrecken.

Ich verstehe es nicht ganz, aber sie hat mich nie wieder nach einem Gedicht gefragt.

Das Wochenende, und manchmal ein Tag in der Woche, verbrachten wir auf Winnis Farm. Hatschi kam uns oft besuchen, und abends fuhren wir zum Catchen, wo wir auch den Europameister Franz Van Buyten kennenlernten (sein Sohn Daniel war Fußballprofi bei Bayern München). Wir saßen meistens in der ersten Reihe, tranken Bier und hatten sehr viel Spaß. Entweder gingen wir nach dem Catchen noch irgendwo in die Kneipe oder Hatschi fuhr uns zur Farm zurück. Während der Fahrt kurbelte er einfach die Scheibe runter und kotzte im Fahren aus dem Fenster, so dass der hintere Wagen die volle Ladung abbekam.

Charly hatte Geburtstag und wir gingen zusammen hin. Es war eine feuchtfröhliche Feier, die wir aber dann doch irgendwann verließen. Nachdem Charly schon sämtliche Lampen abgeschossen hatte und die Kugeln immer tiefer flogen, nahm ich ihm den Revolver weg, versteckte diesen, und dann gingen wir auch. Man wird ja schließlich immer reifer und vernünftiger.

Wir waren oft mit unserer Tochter auf Winnis Farm und verbrachten das Wochenende dort. Dann war es aber wieder so weit, dass Winni zurückkam und sein

Häuschen selber nutzen wollte. Also machten wir uns auf die Suche nach einer neuen Bleibe.

Schließlich fand Fred eine neue Farm, auf der anderen Straßenseite. Es war ein Steinhaus mit Schlafzimmer, Wohnzimmer, Küche und Garten.

Wir machten es uns gemütlich und als Erstes ließ ich eine Wasserleitung zum Haus legen, denn mit einer Pumpe wollte ich nicht wieder anfangen. Hilfe hatten wir auch von Freds Cousin, ein riesiger Kerl, der im Stehen die Deckenplatten anklebte. Als Heizung hatten wir einen Radiator mit Thermostat. Wenn wir dann am Wochenende oder in der Woche kamen, war es immer schön warm und man hatte fließend Wasser. Nur mit dem Garten klappte es nicht so, denn wenn man da war, hatte keiner Lust im Garten zu arbeiten. Aber es gab hier Vorschriften und man legte es uns nahe etwas mehr Zeit in die Gartenpflege zu investieren. Ich fragte Fred. Er schlug vor, dass es ja Bernhard machen könnte. Bernhard machte nun einmal die Woche den Garten. Man kam sich bald vor wie im Botanischen Garten, so toll sah es bald aus, und der Rasen erst, wie im Wembley-Stadion. Das hatte nur einen Nachteil, nämlich dass man seine leeren Bierflaschen, die er ausgetrunken und einfach auf der kurz gemähten Rasenfläche liegengelassen hatte, gut sehen konnte. Aber das Aufsammeln der Flaschen war immer noch einfacher, als den Rasen zu mähen.

Dann kam das Jahr 1971 und ich hielt um die Hand der kleinen Blonden an. Im August wurde geheiratet. Die

Hochzeitsfeier fand in der Kneipe am Ohlendorffturm statt.

Wir hatten oben einen großen Raum, wo wir alle zusammensaßen, und dort wurde auch gegessen. Wenn man was zu trinken oder etwas anderes haben wollte, musste man zum Bestellen nach unten in die Kneipe gehen, wo andere Gäste am Tresen und an den Tischen saßen.

Als ich dann mal wieder etwas bestellen wollte und hinunterging, sah ich, dass Fred auf einem Tisch lag und etliche Leute um ihn herumstanden. Also lief ich hin. Ich wollte sehen was dort los war. Es entstand eine ziemlich große Schlägerei, die eine Zeitlang andauerte, bevor dann wieder Ruhe einkehrte. Nach und nach verabschiedeten sich die Hochzeitsgäste und wir gingen dann auch nach Hause.

Wir waren noch nicht lange zu Hause, als es frühmorgens an der Tür klingelte. Es war die Polizei. Sie nahmen meine Angetraute und mich mit auf die Wache in der Scharbeutzer Straße. Da ich leicht randalierte, weil ich nicht ganz damit einverstanden war, wie man uns behandelte, sperrte man mich in eine Zelle und schlug wie doll mit den Schlagstöcken auf mich ein. Meine Ehefrau wurde mit einem Fußtritt nach draußen befördert. Da Irene und Rainer bei uns schliefen, waren sie uns nachgefahren und konnten meine Braut mit nach Hause nehmen.

Ich verbrachte meine Hochzeitsnacht in der Zelle.

Als am Vormittag meine Gemahlin, Schwägerin und Schwager wieder da waren, um mich abzuholen, wurde ich aus der Zelle geholt. Am Tresen der Wache sollte ich unterschreiben, aber ich war noch so wütend, weil man uns so behandelt hatte, dass ich den Kugelschreiber nahm und ihn dem Polizisten in die Hand stach, dass dieser blutete. Da alle drei danebenstanden, zog der Polizist nur seine Hand hinter den Tresen zurück und tat sonst nichts (was sollte er auch machen, es waren ja Zeugen vorhanden).

Nachdem ich dann unterschrieben hatte, fuhren wir nach Hause.

Einige Tage später ging ich mit Rainer in den Ohlendorffturm, um unsere Feier zu bezahlen. Ich stand am Tresen und bezahlte. Ich wunderte mich, dass an den Tischen drei Männer saßen, davon hatte einer einen großen Kopfverband, einer hatte den Arm in der Schlinge und einer ein großes Pflaster am Auge – ich dachte mir aber weiter nichts dabei.

Dann kam einige Tage später ein Brief von einem Rechtsanwalt, in dem ich aufgefordert wurde, mehrere Tausend Mark zu bezahlen. Sein Mandant war selbstständiger Baggerfahrer, der tagelang seinen Bagger nicht einsetzen konnte, da auch sein Mitarbeiter verletzt war. Es kam zur Anklage, und die Gerichtsverhandlung wurde kurzfristig in der Schädlerstraße angesetzt.

Ich hatte einige Zeugen benannt, die für mich aussagten, aber der Richter sah es genau richtig. Denn wenn die Verletzungen wirklich so schwer wären, könnte man nicht zwei Tage später beim Bier in einer Kneipe hocken.

Ich bekam einen Freispruch.

Jetzt, wo wir verheiratet waren, gingen wir auch immer zusammen weg, ob ins „Lehmitz", in den „Goldenen Handschuh", den „Elbschlosskeller", zu „Gretel und Alfons" usw.. Meistens waren wir auch länger unterwegs, denn mein Motto lautete: „Für ein paar Stunden binde ich mir nicht erst die Schuhe zu."

Im „Lehmitz", den „Honka-Stuben" oder dem „Elbschlosskeller" war es immer gerappelt voll, und wenn man in eine von diesen Kneipen hineinging und eine nicht ganz aufgerauchte Zigarette hinter sich schmiss, entstand meistens ein Tumult, weil sich alle auf die Kippe stürzten.

Es waren Kneipen für die sogenannten Gestrandeten. Zum Beispiel konnte man im „Goldenen Handschuh" („Honka-Stuben"), der gegenüber dem „Elbschlosskeller" lag, die ganze Nacht sitzen und die Gäste beobachten. Ich glaube Herbert hieß der Wirt, der hinter dem Tresen stand, und an den Tischen passierten unglaubliche Sachen. Zu Gretel und Alfons ging man auch öfters, weil man noch viele Erinnerungen an die „Star-Club"-Zeit hatte. Horst (der Wirt) schickte uns noch irgendwann mal Aufnahmen aus dem „Star-Club".

Dann übernahm ich den elterlichen Betrieb. Mit einer Ausnahmebewilligung konnte ich den Betrieb weiter führen, während ich mich abends in der Goetheallee auf die Meisterprüfung vorbereitete. Ein Metallschleifer und Fred waren mit mir am Tage da. Als Aushilfen hatte ich

Jörg und Udo, die aber erst am Nachmittag kamen. Ich richtete mir das Büro ein, stellte mir einen CD-Wechsler hin und montierte überall Boxen an die Wände. Da ich immer sehr früh anfing und die Musik immer sehr laut hatte, klopfte alle drei Tage unser Nachbar an das Fenster und sagte, dass ich die Musik leiser stellen sollte. Da ich es nicht tat, rief er die Polizei an, die ja auch dann bald einmal die Woche bei mir in aller Frühe ankam. Da ich zu dieser Zeit die Koppelschlösser der Polizisten immer vernickelte, waren sie mir wohlgesonnen. Sie sagten, dass sie dem Anruf nachgehen müssten, tranken eine Tasse Kaffee bei lauter Musik und verschwanden wieder. Manche Dinge ändern sich einfach nie.

Da ich öfters mit unserem Wagen fuhr, obwohl ich gar keinen Führerschein hatte, kam es ab und an zu komischen Begegnungen. Wenn ich an der roten Ampel wartete, stand ein Polizeiwagen neben mir, der Fahrer kurbelte das Fenster runter und fragte, wie lange ich morgen im Betrieb wäre, weil sie noch was vorbeibringen wollten. Das war alles, sie kamen nie auf den Gedanken mich zu kontrollieren und jeder fuhr dann seines Weges. Es ist mir nicht nur einmal passiert.

Mittlerweile hatten wir vier wunderschöne, tolle und sehr brave Kinder, auf die wir sehr, sehr stolz sind und die Gott sei Dank nicht dem Vater nacheiferten.

Die Kinder waren auch der Grund, warum ich schon um zwei Uhr nachts anfing zu arbeiten, dann konnte ich mich ab mittags um die noch kleinen Kinder kümmern, während meine Gattin nachmittags zur Arbeit gehen konnte. Kleiner Nebeneffekt war auch, dass ich den Nachtstrom nutzen konnte, wovon auch die meisten Kunden wussten. Deshalb bekam ich auch oft frühmorgens schon Besuch. Da ich viele Motorradteile verchromte, kamen auch viele Zuhälter schon um drei Uhr in der Nacht vorbei und ihre Kampfhunde tobten durch den Betrieb. Eines Tages riss einer die Tür zur Schleiferei auf und grölte laut hinein, sodass ich mich erschrak und mir das Teil ins Gesicht flog. Es tat überhaupt nicht weh und blutete nicht, aber als ich Stunden später im Waschraum vor dem Spiegel stand und meine Backe anfasste, konnte ich meine Zähne sehen. Es war doch ein langer Schnitt, der aufklaffte. Da ich zu der Zeit gerade krankgeschrieben war und trotzdem arbeitete, rief ich erst mal Baby an.

Baby kam, sah es sich an und sagte, dass wir ins Krankenhaus müssten. Auf dem Weg ins Krankenhaus hielt er einmal an und machte mir mit dem Wasser aus der Scheibenwaschanlage das Gesicht sauber. Im Krankenhaus sagte ich, dass ich mit dem Fahrrad gestürzt und dann in Glasscherben gerutscht sei. Es wurde genäht und ich konnte wieder nach Hause. Da die privaten Krankenkassen oft kontrollierten, stand auch eine Woche später ein Mitarbeiter der Kasse im Betrieb. Ich war gerade ganz alleine in der Firma und er fragte, ob der Herr Lampe zu sprechen sei. Ich sagte zu ihm, dass Herr Lampe nicht da sei, er hätte vorhin nur kurz hereingeguckt und wollte noch zum Arzt fahren. Ich wüsste nicht, wann er wiederkommt. Daraufhin klappte der Krankenkassenmann seine Unterlagen zusammen und ging.

Ich wurde des Öfteren kontrolliert. Einmal rief mich meine Frau an. Sie sagte, dass einer von der Versicherung an der Haustür geklingelt hatte und jetzt nach hinten kommt. Ich hatte im Betrieb zwei Türen und konnte sie aber nicht so schnell zuschließen, weil die Schlüssel im Büro lagen, da sah ich ihn schon kommen.

Ich rannte schnell zur Tür hin, hielt den Türgriff nach oben, und er versuchte ihn runterzudrücken, was ihm aber nicht gelang. Im Betrieb war überall Licht und laute Musik an. Dann ging er zu der hinteren Tür. Das Spiel wiederholte sich, und er rief einmal: „Machen Sie bitte auf." Aber den Gefallen tat ich ihm nicht. Wir wechselten noch ein paarmal die Türen, bis er endlich aufgab. Ich sah ihn über den Hof gehen, er schrieb noch etwas auf, und ich schloss erst mal die Türen ab.

Auf den Schrecken hin ging ich mit meiner Frau am nächsten Tag erst mal los und wir landeten irgendwann im „Steppenwolf". Das erste Mal waren wir mit Irene dort gewesen, es war eine dunkle Kneipe. Am Tresen saßen langhaarige, schwarzgekleidete Gäste in langen Ledermänteln herum. Die Musik war gut und es gab ein Getränk mit Namen „Mexikaner", das sehr lecker schmeckte.

Nachdem wir zu dritt (Frau, ich und der Mexikaner) einige Zeit am Tresen verbracht hatten, sagte der Wirt zu mir: „Du, deine Frau ist vom Hocker gefallen!"

Daraufhin sagte ich zu ihm: „Ach, das macht sie immer so", guckte er mich ganz erschrocken an. Es sollte ein kleiner Scherz sein, denn selbstverständlich stand ich von meinem Barhocker auf und kümmerte mich um sie.

Sie blutete ein bisschen am Ohr und wir fuhren dann auch bald nach Hause. Am Vormittag sahen wir, dass sie wohl mit dem Ohrring irgendwo hängengeblieben war, entweder fehlte ein Stückchen oder es war ein ziemlich großer Riss. Fürsorglich, wie ich war, rief ich ein Taxi an und wir fuhren unter leichtem Alkoholeinfluss zum Krankenhaus. Dort allerdings wollte man sie nicht mehr behandeln, jedenfalls wurde gesagt, dass es nicht genäht werden konnte, weil es jetzt schon zu lange her sei. Sie gaben uns was gegen Entzündungen und wir fuhren wieder nach Hause.

Ich ging eigentlich ganz gerne weg, hatte auch nie Schwierigkeiten am nächsten Tag. Mir war nie übel, ich musste mich auch nie übergeben und hatte auch keine Kopfschmerzen. Ich fühlte mich einfach immer pudelwohl, abgesehen davon, dass ich müde war, fehlte mir nichts.

Ab und zu hatte ich natürlich auch meine Wehwehchen – zum Beispiel, wenn wir am Vormittag nach Hause kamen (die Nachbarn standen wie immer am Fenster), aus dem Taxi stiegen und obwohl ich zu Hause war, noch mal kurz in den Wald pinkeln wollte, aber ein leichtes Balance-Problem hatte, dass ich bald durch den ganzen Wald lief, bevor ich hinfiel.

Ich hatte zwar Schmerzen in der Schulter, aber ich komme noch aus dem harten Jahrgang und ich hielt mich auch an das Sprichwort: „Wer was trinken kann, der kann auch arbeiten." Also arbeitete ich am nächsten Tag. Einen Monat später bin ich dann doch noch zum Arzt gegangen, weil ich immer noch Schmerzen hatte. Der Doktor machte noch eine Röntgenaufnahme und gab mir fast ein ganzes Jahr Spritzen in die Schulter. Weil die Schmerzen nach einem Jahr immer noch nicht weniger waren, ging ich noch mal woanders hin zum Röntgen, wo sich herausstellte, dass die Schulter gebrochen und dann schief zusammengewachsen war. Man konnte es sehr gut auf der Aufnahme sehen. Ich war so sauer auf den Orthopäden, dass ich ihn verklagen wollte, aber bevor es so weit war, bekam ich eine Nachricht, dass sämtliche Unterlagen auf dem Postweg verloren gegangen waren.

Wir schlenderten auch gerne über den Fischmarkt und brachten oft was mit nach Hause. Mal waren es Schildkröten, die nachher im Garten rumliefen. Mit Klebeband befestigte ich einen Luftballon auf deren Panzer, damit man immer im hohen Gras sehen konnte, wo sie gerade rumliefen.

Einmal, als ich im Wohnzimmer aufwachte, hörte ich ein Piepsen und wusste nicht, woher es kam. Nachdem ich überall geguckt hatte, fand ich hinter der Couch zwei kleine Entenküken. Ach, du Scheiße, zuerst wusste ich nicht, wohin damit, aber dann fiel mir ein, dass ich gerade das runde Turmzimmer fertig tapeziert und mit Teppich ausgelegt hatte. Also brachte ich die Enten in das frisch renovierte Zimmer. Auf den neuen Teppich legte ich alte Bettlaken. Es war witzig mitanzusehen, wenn die Kinder die Enten zum Baden holten. Die beiden Enten hüpften die Treppe hinunter, planschten und tauchten wie wild in der Badewanne. Aber das Zimmer sah langsam nicht mehr so schön aus, denn sie wuchsen recht schnell und schafften es nicht nur, die ganzen

Wände vollzuscheißen, sondern sogar die Decke. Dann, bei einem Treppengang, stürzte eine Ente und humpelte nur noch. Trotz der traurigen Kinder brachte ich die Enten zu Ernie, einem Bruder von Fred, der einen größeren Schrebergarten hatte, wo schon Hühner und Enten rumliefen.

Ich meldete unseren Sohn Gunnar im Fußballverein an und ging fast jedes Wochenende zum Spiel mit. Er hatte das Talent wohl vom Vater geerbt, denn er war recht gut. Nach dem Spiel ging man noch ins Vereinshaus, diskutierte und trank noch eine Kleinigkeit.

Oft saß ich mit den Trainern Helmut, Matthias, Torwarttrainer Norbert und Holger beim Bier zusammen und wir fachsimpelten.

Gunnar hatte sich inzwischen von jemand anderem nach Hause fahren lassen. Dieses kam schon mal ab und zu vor. So war mein Sohn oft bereits zu Hause, während ich noch im Vereinshaus saß und diskutierte.

Oft brachte ich die vier auch noch mit nach Hause, um noch ein Bier zu trinken.

Einmal wollten wir zu uns nach Hause fahren und ich stolperte beim Vereinshaus über einen Begrenzungsstein. Als ich zu Hause auf der Couch meinen Stiefel auszog, lief das ganze Blut heraus. Ich hatte weiter gar nichts bemerkt, als ich gegen den Stein lief, aber nun fingerten alle an meinem Bein und in der Wunde herum. Zwei Tage später war mein Schienbein schwarz geworden und ich ging zum Arzt. Es war eine schwere Blutvergiftung und ein größeres Hautstück musste herausgeschnitten werden. Dann musste ich jeden Tag zur Nachkontrolle hin, auch sonntags.

Einigermaßen wieder fit waren von mehreren Leuten auf dem Kiez nur noch meine Frau, Norbert und ich übriggeblieben, und wir landeten im „Fick". Dort trafen wir Anton, einen Akkordeonspieler, den wir schon öfters dort angetroffen hatten. Man unterhielt sich, verscheißerte ihn ein bisschen, zog dann weiter und landete später auf dem Fischmarkt.

Es dauerte nicht allzu lange, dann trug ich in einem Pappkarton zwei Hühner mit mir herum, und wir schlenderten weiter. Ein Stück vor uns gab es einen kleinen Auflauf. Als wir näherkamen, sahen wir, dass dort zwei Männer mit ihren großen Hunden waren.

Die beiden Männer standen sich gegenüber und stritten sich, und ihre beiden Hunde standen sich ebenfalls gegenüber und fletschten die Zähne. Sie wollten ihre Hunde gegeneinander kämpfen lassen.

Ich sagte zu dem mit dem größeren Hund, was denn der Quatsch sollte: „Ich habe hier einen Kampfhahn, lass doch die beiden gegeneinander kämpfen." Er guckte mich nur mitleidig an und beachtete mich nicht weiter. Doch als ich zu meiner Gattin sagte, sie solle mir mal die Nagelfeile geben, ein Huhn herausholte und anfing, an den Krallen zu feilen, wurde er immer unsicherer.

Als ich dann noch zu den Leuten, die alle um uns herumstanden, sagte, dass sie Wetten abschließen könnten, nahm er seinen Hund und zog wortlos mit gesenktem Kopf ab.

Wir wollten mit dem Taxi nach Hause fahren, aber es wollte uns keiner mitnehmen, und wir mussten mit dem

Bus fahren. Während der Fahrt entwichen uns mehrmals die Hühner. Zur Belustigung der wenigen Fahrgäste fingen wir sie immer wieder ein.

Angekommen tranken wir noch ein Bier und ich überlegte, was ich nun mit den beiden Hühnern machen sollte. Dann fielen mir Ulli und Ela ein. Die beiden kannte ich vom Fußball, weil unsere Söhne zusammen in einer Mannschaft spielten. Wir waren öfters bei den beiden eingeladen. Da Ulli beim Film arbeitete, kam auch Otto ab und zu mit zu einer Feier, was ganz witzig war, aber vor allem waren sie sehr tierlieb. Also fuhren wir noch frühmorgens hin. Ich schlich mich in den Garten und band die beiden Hühner mit einem Band an einem Pflock fest. Aber als ich mich wieder davonschleichen wollte, stand Ela lachend in der Tür Wir blieben noch eine Zeitlang da. Am Ende waren wir mit den Hühnern wieder bei uns zu Hause.

Ich weiß noch, dass ich einen oder zwei Tage mit den Hühnern an der Leine spazieren gegangen bin, aber wo sie letztendlich geblieben sind, kann ich nur vermuten. Wahrscheinlich bei Freds Bruder Erni.

Die Woche darauf war Vatertag und ich trank mit Helmut und Norbert ein Bier. Dann rief ich meine Ehefrau an, ob sie uns abholen könnte. Als sie da war, tranken wir alle noch etwas zusammen und wollten dann los. Da sie aber etwas komisch fuhr, sagte ich, sie solle anhalten: „Ich fahre jetzt."

Wir wechselten die Plätze und ich fuhr. Nun waren wir bei uns angekommen. Ich dachte das Norbert und Helmut das letzte kleine Stück zu Fuß laufen würden, aber das war nicht der Fall. Sie bettelten so lange, dass ich doch noch das letzte Stück weiterfuhr und in eine Verkehrskontrolle geriet.

Als die Polizei auch die hinteren Türen aufmachte, die beiden einfach rausplumpsten und auf die Straße kullerten, war es gelaufen.

Die Verhandlung war in der Schädlerstraße, den Führerschein konnten sie mir ja nicht wegnehmen, weil ich keinen hatte, aber ich bekam eine saftige Geldstrafe und eine Sperre.

Wir gingen ab und zu am Wochenende weg. Wenn wir Mittags dann wieder nach Hause kamen, standen oft die Kinder am Wohnzimmerfenster und warteten auf uns.

Bald war wieder eine Feier bei uns zu Hause und es war sehr voll. Es waren etliche Gäste da. Helmut, Matthias, Norbert und Holger vom Fußball, und sie brachten noch jemand anderen mit, den ich auch ganz gut kannte. Er saß mit seinem Mantel auf der Couch, ließ sich die Getränke bringen und stand den ganzen Abend nicht auf, aber man machte sich keine Gedanken darüber.

Als sich die Gäste am Morgen nach und nach verabschiedet hatten und man noch mal ins Bad ging, kam es einem ein bisschen komisch vor. Auf dem Teppich, den Wänden und dem Fußboden waren überall braune Flecken, aber man legte sich erst mal hin.

Am Nachmittag sah man sich das alles genauer an und stellte fest, dass die braunen Flecken, die nicht nur im

Badezimmer, sondern überall waren, besonders auf dem Sofa, K a c k e waren. Uns hatte jemand die ganze Bude v o l l g e s c h i s s e n.

Ich rief Helmut an und fragte nach, ob jemand krank sei, aber er wusste es nicht. Genau haben wir es nicht herausbekommen, wer es war, wir hatten nur eine Vermutung, wer ungefähr dort gesessen hatte. Aber was er im Badezimmer gemacht hatte, wussten wir nicht, weil dort auch die Fliesen vollgeschmiert waren. Vielleicht wollte er uns noch eine Botschaft schreiben, aber es war wohl zu dünn, dass alles zerlief und man es nicht mehr lesen konnte.

Wir haben tagelang daran gearbeitet, um alles wieder sauber zu bekommen.

Auf der Arbeit war auch immer ganz gut zu tun, Fred war den ganzen Tag immer da, Udo und Jörg kamen am Nachmittag zum Arbeiten.

Forken-Erwin kam auch am frühen Morgen, er arbeitete als Auslieferungsfahrer in einem großen Technikkaufhaus. Bevor er die Sachen auslieferte, kam er bei mir vorbei. Wir luden immer einige Großgeräte und auch kleinere Elektrogeräte wie Küchenmaschinen usw. aus und stellten sie in die Garage. Es entstand ein kleiner florierender Nebenerwerb.

Es lief eine ganze Weile, aber dann gab es neue Verordnungen beim Technikhaus.

Jeder Fahrer bekam einen Beifahrer, der auch noch jede Woche ausgetauscht wurde.

Also stellten wir die Sache ein.

Ich hatte mich auf das Verchromen von Auto- und Motorradteilen spezialisiert und so lernte ich auch allerhand neue Leute kennen, darunter auch Achim. Er hatte sehr hochwertige Sachen wie Armaturen, Herde usw., aber alles vom Feinsten. In der Garage hatte ich überhaupt nichts stehen, denn es lief hier anders. Es gab einen ziemlich dicken Katalog, mit etwa 300 Seiten, in dem man blättern und sich was aussuchen konnte.

Der Kunde saß im Büro, guckte sich die für ihn in Frage kommenden Sachen an und gab seine Bestellung auf. Die Lieferzeit betrug eine Woche, dann war das Teil da. Aber als es vermehrt so ging, dass die Bestellung zurückgebracht wurde, weil die Frau lieber eine andere Farbe haben wollte und ich es wieder umtauschen sollte, hatte ich keine Lust mehr, denn das Zurückgeben ging nicht so einfach, und ich stellte die Sache dann auch wieder ein.

Dann kam die Sache mit den Bootsführerscheinen. Man konnte bei mir Bootsführerscheine für kleine und große Seen kaufen. Ich brauchte eine Kopie vom Ausweis, zwei Passbilder und schickte das alles an das damals zuständige Schifffahrtsamt, ich glaube, es war in Schwerin – und es dauerte etwa zwei Wochen, dann bekam ich den gestempelten und gültigen Bootsführerschein zurück. Der kleine war für die Binnengewässer, der große für die Dreimeilenzone (außerhalb der Dreimeilenzone gibt es keine Führerscheinpflicht). Man durfte alle Sportboote, Motorboote und Segelboote fahren, egal wie groß, wie schnell und wie teuer sie waren – allerdings nicht für gewerbliche Zwecke (beispielsweise Angelfahrten für

Geld). Einige der heute noch gültigen Bootsführerscheine sind bestimmt noch im Umlauf.

Das Wasserwirtschaftsamt wurde woanders hin verlegt
und ich musste mich wieder mehr um meine Arbeit
kümmern.

Ich verchromte viele Motorradteile, hatte einen sehr
guten Ruf und bekam auch viele Teile aus dem Ausland
geschickt. Ferner arbeitete ich die Oldtimer von Mercedes
und Volvo und viel von Morgan Park (englische Sportwa-
gen) auf, und ich hatte eine neue Aushilfe. Ein ehemaliger
Bundesligaspieler des HSV, er spielte acht Jahre für den
Verein, verdiente gut, verheiratet, großes Haus, Wagen,
eben alles. Aber wie es so kommt, alles weg, weil er gern
ein Gläschen trank. Fred brachte ihn morgens immer
mit, aber er stand oft neben sich und wusste nicht was los
war. Selbst wenn wir ihm mal eine Tablette gaben, half
das nicht viel, er lief oft wie wirr herum.

Dann bekam ich einen neuen Schleifer. Er nannte sich
Flo, kam aus Bayern, trug einen Vollbart, zwei Schäkel
in den Brustwarzen und hatte sich auf Arm und Rücken
ASTRA tätowieren lassen. Er trank auch nur ASTRA-
Bier, aber davon nicht so wenig. Am Tage arbeitete er im
Bürgerhaus Wilhelmsburg und nach seiner Arbeit kam
er gegen 16 Uhr zu mir, ging als erstes zum Spar-Laden
und holte sich eine Kiste Bier. Oft ging er noch vor La-
denschluss wieder hin, um sich Nachschub zu holen. Er
machte seine Arbeit gut, wusste genau wenn er aufhören
musste (zu trinken oder zu arbeiten), und es ist nie etwas
passiert.

Oft war er noch am Arbeiten, wenn ich um zwei Uhr anfing, aber irgendwann ging er dann ins Bett. Er schlief auf dem Betriebsboden und ich klopfte mit dem Besenstiel um sieben Uhr morgens an die Decke, um ihn zu wecken. Dann kam er runter (er war schon ein kleines Ferkel), ging kurz auf die Toilette und fuhr dann ungewaschen los (im Gesicht noch ganz dreckig vom Schleifen) zu seiner Arbeitsstelle. Auf der Toilette und im ganzen Badezimmer lag noch mindestens eine Stunde ein süßlicher Geruch in der Luft.

Wenn er sein Bier trank, machte Flo nach jedem Schluck wieder seinen Kronkorken auf die Flasche, nicht nur wenn er draußen war, auch drinnen.

Ich machte auch mindestens einmal im Jahr einen Betriebsausflug in eine von mir ausgesuchte Kneipe und wollte Flo gerne mal abfüllen, was mir mit Bier aber nicht gelingen konnte. Also streute ich immer ein paar Kurze zwischendurch mit rein. Das konnte er überhaupt nicht ab und stürzte schnell ab.

Einmal haben meine Angetraute und ich Flo im Bürgerhaus bei einer Veranstaltung besucht. Er musste arbeiten, war aber trotzdem ganz schön angetüdelt.

An einem Sonntag kam er mit seinem Ford Transit mit Laderampe angefahren, weil er noch was holen wollte. Ich ging nach unten um aufzuschließen. In seinem Transit standen vier bis fünf Freunde von Flo mit freiem Oberkörper, von oben bis unten tätowiert und alle mit einer Knolle Bier in der Hand. Der restliche Platz war mit Bierkisten ausgefüllt, die bis unter das Wagendach hochgestapelt waren, wahrscheinlich für jeden eine Reihe. Sie fuhren zu einem See und wollten sich einen geben.

Als er in der nächsten Woche wieder da war, erzählte er mir, dass er Geld von seinen Eltern bekommen hatte, seine Wohnung aufgegeben und sich ein Schiff gekauft habe, auf dem er leben wollte. Es sei 35 bis 40 Meter lang und ich solle ihn unbedingt mal besuchen. Da er immer wieder sagte, dass ich doch mal vorbeikommen sollte, tat ich es auch und besuchte ihn. Ich kam aus dem Staunen nicht heraus, denn 35 oder 40 Meter Schiff waren in natura doch erheblich größer, als man es sich vorgestellt hatte.

Er hatte auch einen großen Ladekran auf dem Schiff. Es lag im Wilhelmsburger Oldtimerhafen und er war dabei, es von drinnen auszubauen. Ich besuchte Flo noch einmal und dachte: „Was ist das denn?" Auf seinem Vorderdeck stand ein riesiger Kunststoffteich und darin saßen seine Freunde im Wasser. Die ganzen Sumpfzonen waren mit Bierflaschen zur Kühlung vollgestellt, und sie prosteten sich zu.

Unglaublich.

Am nächsten Morgen fing ich wie immer um zwei Uhr an. Nachdem ich überall das Licht angestellt hatte, hörte ich ein Summen, wusste aber nicht, wo das herkam, bis ich zur Decke schaute. Dort flogen einige Wespen herum und ich dachte, „na gut, lass sie doch." Aber in den Tagen darauf wurden es immer mehr, es waren jetzt schon mindestens 30 bis 40 Tiere und das Summen wurde immer lauter. Wir hatten eine Vereinbarung getroffen, sie flogen oben und ich arbeitete unten.

Nicht nur das Summen wurde mehr, auch die Anzahl der Tiere nahm zu. Da sie erst immer kamen, wenn ich das Licht anknipste, versuchte ich es mit weniger Licht. In manchen Räumen machte ich gar keine Lampen an. Ich versuchte im Halbdunkeln meine Arbeit zu verrichten, aber es brachte alles nichts. Naja, solange sie da oben herumflogen, war ja noch alles in Ordnung. Dann flogen die Wespen doch schon ein ganzes Stück tiefer, aber es gab noch keinen Grund sich Sorgen zu machen, es war nur unangenehm, die Bande über einem summen und herumtollen zu hören. Ich hatte dann den Einfall, ihren Schlafrhythmus zu stören, sie kamen ja immer erst, wenn ich das Licht anmachte. Meine Idee war, dass ich es schon am frühen Abend anstellte, und wenn sie dann die ganze Nacht umherflogen, waren sie vielleicht morgens so müde, dass sie schliefen. Die Rechnung ging aber nicht auf, denn nun flogen die Biester noch tiefer, dass man schon mal den Kopf einziehen musste. Der Tag ließ auch nicht mehr lange auf sich warten, wo ich in den Hals gestochen wurde. Jetzt gab es Krieg.

Ich arbeitete fast nur noch einhändig, über die andere Hand zog ich mir einen Gummihandschuh, fing die Tiere im Flug, und drückte sie in einem der Wasserbecken solange unters Wasser, bis sie ertranken. Alle Meter hatte ich überall Hammer, Brett und dergleichen liegen, um sie erledigen, wenn sie mal eine Rast machten. Man konnte schon von einem Gemetzel sprechen.

Es lagen überall tote Tiere herum und ich konnte kaum noch arbeiten, weil wir tagein, tagaus gegeneinander kämpften. Ich wollte etwas anderes ausprobieren. In den ganzen Drogerien gab es kein Insektenspray mehr, weil ich alles aufgekauft hatte und dann Dose um Dose versprühte.

Zuerst wichen meine Gegner etwas zurück und ich dachte schon, dass ich es geschafft hätte, aber es dauerte gar nicht lange, da kamen alle mit einem fröhlichen Gesumme wieder an und es machte ihnen nichts mehr aus. Nur mir.

Es war alles vernebelt, dabei stank es so, dass man davon Kopfschmerzen bekam und an die frische Luft musste, weil man es nicht mehr aushalten konnte. Am nächsten Tag schickte ich Udo nach Wandsbek, es gab dort einen Laden für Imkerbedarf und er sollte dort mal um Hilfe fragen. Dort angekommen wurde Udo ausgefragt nach dem Wo, Wieso, Weshalb usw., kam aber dann mit einer Kiste voller Räucherkerzen zurück.

Sie sollten ausgeräuchert werden. Die Kerzen sahen aus wie etwas größere und dickere Kindergeburtstagskerzen. Wir stellten an die 60 Kerzen hin und zündeten jede einzelne an. Es sah aus wie bei einem Protestmarsch, eine riesige Lichterkette zog sich durch den ganzen Betrieb. Der Erfolg blieb aber leider aus. Udo rief noch mal im Laden an und schilderte unseren Misserfolg. Er sollte noch mal vorbeikommen und ein Tierchen mitbringen, was er dann auch machte, es lagen ja überall die Kadaver herum. Es stellte sich heraus, dass das gar keine Wespen waren, sondern Hornissen, und die stehen unter Naturschutz. Da Udo im Laden auch die Adresse hinterlassen hatte, stand zwei Tage später jemand vom

Amt für Naturschutz, Land- und Forstwirtschaft in der Tür.

Es wurde mir eröffnet, dass der Naturschutz über den wirtschaftlichen Interessen stehe und ich den Betrieb drei bis vier Monate zumachen sollte. Über den Winter hätte sich das denn wohl von alleine geregelt. Er käme noch mal zum Kontrollieren, und als ich noch einmal sagte, dass in drei oder vier Monaten nicht nur die Hornissen, sondern auch ich erledigt wäre, zuckte er nur mit den Schultern und ging.

Es war also weiter Krieg angesagt. Jetzt hatte ich mir zwölf Dosen Bauschaum gekauft. Ich versuchte ihn in die Ritzen und Löcher zu sprühen, aber sie kamen einfach woanders raus. Ich schlich mich leise auf den Betriebsboden und guckte, ob ich so etwas wie ein Nest sah. An alles, was so ähnlich aussah, schlich ich mich heran, sprühte wie ein Wilder die halbe Dose leer und lief dann schnell weg. Es gab aber zu viele Ecken, Winkel und vor allem Teile, die dort rumlagen, sodass es unmöglich war, alles abzusuchen.

Aber als ich am nächsten Morgen den Betrieb aufschloss und die Tür zum Büro aufmachte, bekam ich so einen Schreck, dass ich die Tür gleich wieder zuschlug.

Erst dachte ich, das wäre ein Kolibri, der dort im Büro herumflog, aber es war eine riesige Hornisse. Ich ging wieder hinaus, schloss die hintere Tür auf und ging von der anderen Seite hinein, da dort mehr Scheiben zum Büro hin waren. So konnte ich meinen Gegner besser beobachten. Es war wirklich eine Monsterhornisse. Ich bewaffnete mich mit einem dünnen, aber breiten Messingblech. Als sie auf der anderen Seite war, ging ich schnell hinein und schlug mit aller Kraft auf die Hornisse. Es entbrannte ein Kampf – nachdem ich schon zweimal draufgeschlagen hatte, kam sie noch mal hoch und ich dachte, sie würde mich jetzt angreifen, schlug aber im selben Moment noch mal zu und konnte den Kampf für mich entscheiden. Ich wollte sie aufbewahren, aber in eine Streichholzschachtel passte sie nicht, also nahm ich eine Zigarettenschachtel. Ich spielte mit dem Gedanken, sie ausstopfen zu lassen, und legte die Schachtel auf meinen Schreibtisch. Aber irgendein Hirni hat die Schachtel in den Müll geworfen.

Meine riesige Hornissenkönigin war für immer verschwunden.

Mit meinem Schwager Manfred gingen wir auch ab und zu ein Bier trinken. Er erzählte uns von einer Kneipe mit dem Namen „Mash Club", wo er öfters hinging, und fragte, ob wir nicht einmal mitkommen wollten. In den Club an der Eimsbütteler Chaussee stand ein großes bequemes Sofa, Schimmel legte Platten auf und hinter dem Tresen standen Manni und Peter am Ausschank. Die beiden waren ganz witzig, man laberte zusammen viel Scheiß und es gab immer was zu lachen. Auf dem Tresen stand eine Glashaube, unter die man sonst Frikadellen legte, aber statt Frikadellen lagen unter der Haube Tabletten, die man nehmen konnte, wenn man müde wurde. Am Wochenende machten die beiden auch öfters einen Ausflug mit ihren Stammgästen. Dann ging es mit einer oder mehreren Kisten Bier an die Elbe und am Nachtmittag wieder zurück in den „Mash Club".

Irene war meine Lieblingsschwägerin, mit der wir auch allerhand erlebt haben. Es ging immer sehr, sehr lustig zu, denn sie konnte einen mit ihrem Lachen anstecken und sie unternahm auch sehr viel mit unseren Kindern. Man besuchte sich nicht nur gegenseitig, sondern fuhr auch zusammen in den Urlaub. Einmal waren wir in einem Ferienhaus in Dänemark. Weil das Wetter schlecht war, guckten wir aus dem Fenster zum Nachbarhaus hinüber und beobachteten merkwürdige Sachen. Der Nachbar bekam sehr viel Besuch, etwa alle zwei Stunden kamen immer wieder andere Leute. Sie standen dann eine Zeitlang im Garten, unterhielten sich, und wenn sie gingen, hatten sie immer eine Plastiktüte in der Hand.

Zuerst dachten wir, es wären Kartoffeln oder etwas anderes aus dem Garten, aber diesen Gedanken verwarfen wir schnell, nicht nur weil er im Garten nichts ausgrub, sondern weil die Polizei auch öfters bei ihm auftauchte.

Als er dann noch am Vormittag mit einem Taxi nach Hause kam, sturzbetrunken ausstieg, nur noch einen Schuh anhatte und schon wieder zwei Männer auf ihn warteten, stand für uns fest, dass er keine Kartoffeln verkaufte, sondern dealte. Weil es immer noch regnete, verbrachten wir die Hälfte des Tages auf den Knien hockend am Fenster mit unserem Fernglas, damit er uns nicht sehen konnte. Es ging immer so weiter bei ihm, und wir hatten absolut keine Zweifel mehr, dass er Stoff verkaufte. Es gab zwischen uns auch schon die ersten Rangeleien um den besten Fensterplatz.

Da aber am nächsten Morgen die Sonne schien, wollten wir unseren Beobachtungsposten verlassen, um an den Strand zu gehen. Als wir auf dem Weg dorthin beim Nachbarhaus vorbeikamen, sah man eine der berüchtigten Plastiktüten an seinem Gartentor hängen. Irene ging hin, nahm die Plastiktüte ab, hielt sie triumphierend in der Hand und kam auf uns zu gelaufen. Wir gingen weiter zum Strand, wollten die Tüte aber noch nicht aufmachen, weil wir noch so dicht an seinem Haus waren. Aber es war so, dass man im Gehen von außen die Tüte anfasste und immer drückte. Der Inhalt war leicht warm und weich, denn man konnte ihn mit den Händen gut durchkneten, was wir auch taten. Endlich waren wir am Strand angekommen, setzten uns alle in einen Kreis um die Plastiktüte herum, und dann kam der große Augenblick, wo die Tüte geöffnet wurde.

Der Nachbar hatte wohl doch bemerkt, dass wir ihn beobachtet haben, und hatte jetzt Rache genommen, denn die ganze Tüte war voller Scheiße.

Einmal waren wir bei uns zu Hause und hatten dann irgendwann kein Bier mehr und Irene schlug vor, dass wir kurz zum Ohlendorffturm gehen sollten, um noch was zu trinken. Wir hatten nur Latschen an und zogen uns auch weiter nichts über, weil es nicht weit war. Als wir dort ankamen, war aber schon geschlossen. Da gerade ein Taxi vorbeifuhr, hielt Irene es an und wir setzten uns rein. Nachdem mehrere Kneipen schon zu hatten, landeten wir in der „Tonndorfer Burg". Nachdem man eine Zeitlang dort verbracht hatte, wieder nach Hause wollte und vor die Tür trat, war draußen reger Betrieb. Es war so gegen 9 Uhr vormittags, die Busse waren proppenvoll, aber das Schlimmste war, es hatte geschneit. Also stampften wir mit unseren Latschen und dünnen Jäckchen durch den Schnee. Wir fuhren ein paar Stationen mit dem Bus und stiegen an der Brockdorfstraße aus. Dann wollten Frau und Schwägerin in ihrem Brausebrand noch auf den Friedhof gehen, um ein Familiengrab zu besuchen. Noch hatte kein Mensch ihn betreten, denn im Schnee war kein einziger Abdruck zu sehen, was sich jetzt aber änderte. Nun stampften wir durch den Schnee und alle paar Meter gab es eine große Kuhle in der weißen Pracht, weil immer einer von uns hinfiel. An unseren Spuren hätte jeder Fährtensucher seine Freude gehabt, denn es sah wirklich komisch aus. Dann liefen wir mit unseren schon blau gewordenen Füßen nach Hause.

Ein anderes Mal waren wir in Wedel und lernten Freunde von Irene kennen. Man saß den Abend zusammen, unterhielt sich und trank etwas. Hansi, so hieß er, drehte sich die ganze Zeit immer wieder einen Joint. Als wir am Wochenende darauf dann alle zusammen auf einer Feier waren, es schon später war und Irene auch zu vorgerückter Stunde nach Haus wollte, sagte ich zu Hansi, dass er mir für den Nachhauseweg noch mal eine ordentliche Dröhnung mitgeben sollte, was er auch tat. Es war eine richtige Dröhnung, denn als ich aufgeraucht hatte, schoss ich kreuz und quer von der einen Straßenseite auf die andere, fiel hin, rappelte mich hoch und rannte wieder auf die andere Straßenseite, um hinzufallen. Ich konnte nur noch krabbeln. Es war wirklich eine große Dröhnung. So etwas hatte ich noch nicht erlebt.

Dann gibt es auch Menschen, die nur auf der Welt sind, um anderen das Leben schwerzumachen oder um sie zu ärgern, und dazu gehörte auch Tante A. Sie wohnte auf dem Nachbargrundstück und hatte nach dem Tod ihres Mannes (mein Onkel) die Hasskappe auf. Sie terrorisierte uns mit Telefonanrufen, wo sie mit schriller Stimme in den Hörer schrie, schmiss Steine und Äste auf unser Grundstück und hat uns wohl sogar einmal vor die Haustür geschissen. Selbst wenn ich in aller Frühe zur Arbeit ging, geisterte sie im noch dunklen Garten herum und heckte wieder was aus. Sie war einfach nur gierig, denn dann behauptete sie, dass ihr der Betrieb gehöre, was völliger Schwachsinn war. Aber Hauptsache, den anderen das Leben schwer machen und herumstänkern, das konnte sie gut.

Ich saß auf einer Bank vor dem Betrieb und suchte Dokumente zusammen, aus denen hervorging, dass sie überhaupt nichts mit allem zu tun hatte. Sie stand auf ihrem Grundstück und rief immer was zu mir herüber, was ich aber gar nicht richtig verstand. Ich war aber trotzdem irgendwann so genervt, dass ich über den Jägerzaun sprang, sie hochhob und mit ihrem Pullover an einem dicken Ast aufbaumelte. Dann saß ich wieder auf meiner Bank und sah zu, wie sie sich langsam befreien konnte. Als später die Polizei eintraf und die Aussagen aufnahm, sagten meine Frau und unsere älteste Tochter, dass sie die ganze Zeit am Fenster gestanden hätten und ich nicht von der Bank aufgestanden sei. So wurde die ganze Sache eingestellt. Aber sie holte sich eine einstweilige Verfügung, in der stand, dass ich ihr Grundstück nicht betreten dürfte, sonst müsste ich eine Strafe von 100 000 DM bezahlen.

An einem Wochenende waren wir wieder in Wedel und gingen abends weg. Es spielten die Wally Dogs (eine schottische Folk-Band) in einer Kneipe. Wir saßen am Tresen und klatschten auch ordentlich, weil uns die Musik gut gefiel. Dann lernten wir die drei auch kennen. Mit Bob, Neil und George verband uns seit diesem Abend eine langjährige Freundschaft. Also gingen wir, so oft wir konnten, zu den Konzerten (und das war sehr oft) – selbst wenn sie außerhalb Hamburgs spielten, fuhren wir hin. Während des Konzertes trank man ein Bier, und wenn es zu Ende war, setzten wir uns zusammen, tranken vor Ort noch etwas, aber meistens fuhren wir noch in eine andere Kneipe. Da sie alle drei ganz schöne Schluckspechte waren, war es oft sehr anstrengend mit ihnen.

Überhaupt war es anstrengend, wenn sie bei uns zu Hause waren und wieder kein Ende fanden. Die Kinder waren oft genervt, weil sie morgens zur Schule mussten, aber nicht in das Badezimmer konnten, weil George auf dem Klo eingeschlafen war.

Wir haben immer noch CDs, die sie extra für uns aufgenommen haben und die sie uns zum Geburtstag oder anderen Anlässen geschenkt haben, oder auch Bilder von Neil, der neben der Musik auch sehr gut malen konnte.

Wir waren auch oft in Winterhude in der Gertigstraße, haben auch noch ein paarmal das „Café Kaputt" besucht, bevor es in den 90er-Jahren dichtgemacht wurde. Aber meistens gingen wir ins „Down Town", was nur ein Stückchen weiter war, weil dort die Wally Dogs sehr oft spielten. Dort lernten wir auch Uwe kennen. Uwe hatte eine Werbeagentur und führte das „Down Town". (Er übernahm später das „Landhaus Walter" im Stadtpark und betreibt heute noch den „Down Town Blues Club") Oft saßen wir mit Uwe im „Down Town" bis morgens zusammen und lernten wieder andere Leute kennen (zum Beispiel Dietmar, er war Rechtsanwalt und Manager von Torfrock).

Auch der Sänger Klaus kam mal frühmorgens vorbei und schrieb noch auf die Getränkekarte des „Down Town" ein Autogramm für unsere Zwillinge. (Das Autogramm liegt bei uns zu Hause noch herum).

Die Wally Dogs spielten fast überall in Hamburg, auch auf dem Alstervergnügen oder in Övelgönne in der „Zwiebel". Da die Kneipe recht klein war, hatte man eine Schulbank an der Wand angebracht, dort mussten sie hinaufklettern und zu dritt zusammengedrängt Musik machen. Es war dort so voll, dass man kaum zum Tresen durchkam, um sich ein Bier zu holen. Am besten war es eigentlich, wenn Schluss war und die Leute nach Hause gingen. Danach ging immer wieder die Tür auf und andere Musiker kamen herein, packten ihre Instrumente aus und machten eine Session, was immer ganz toll war.

Einmal waren wir wieder im „Down Town". Als Uwe irgendwann den Laden zumachen wollte und wir eigentlich auch nach Hause wollten, fanden wir ein paar Schritte weiter aber noch eine Bar, die noch geöffnet hatte. Wir setzten uns an den Tresen, bestellten uns was, aber mir war irgendwie langweilig. Ich nahm aus einem Glas, welches auf dem Tresen stand, eine Salzstange und spielte damit herum. Dann nahm ich die Salzstange und steckte sie meiner Frau ins Ohr. Dieses wiederholte ich mehrmals, bis es so weit war, dass die Salzstange abbrach. Ich versuchte das abgebrochene Ende wieder herauszuholen, was mir aber nicht gelang. Nun wollten alle helfen und man nahm Sie mit in die Küche, legte sie auf einen großen Tisch. Der Wirt wie auch mehrere anderen Gäste pulten jetzt im Ohr meiner Frau herum. Ich saß jetzt ganz alleine am Tresen. Alle durften mal versuchen, mit einer Pinzette die Salzstange herauszufummeln. Nach einer gut halbstündigen Aktion gelang es schließlich jemandem, und man brachte sie wieder auf ihren Barhocker zurück. Der Wirt nahm nun sämtliche Gläser mit den Salzstangen vom Tresen und stellte sie woanders hin.

Mit Bob trafen wir uns oft im „KaDeWe" in der Mozartstraße, wenn sie nicht spielten, und später kamen Neil und George meistens hinzu. Als wir wieder alle im „KaDeWe" zusammensaßen, übergab uns Neil eine Videokassette, die er vom schottischen Fernsehen aufgenommen hatte und die wir uns unbedingt mal anschauen sollten. Darauf wäre eine schottische Band namens „Runrig", die auch demnächst nach Hamburg kämen. Das Konzert fand in der Markthalle statt und wir gingen hin. Es war ein tolles Konzert. Da Bob den Schlagzeuger gut kannte, saßen wir nach dem Konzert alle auf ein Bier zusammen.

Aus dem einen Konzertbesuch wurden etwa 35. Wenn sie in Dänemark spielten, fuhren wir auch oft zu den Konzerten hin und wohnten oft mit Runrig zusammen im selben Hotel. Als Runrig überraschend bekanntgaben, dass sie aufhören wollten und noch eine Abschiedstournee planten, fuhren wir nach Schottland, um dort das allerletzte Konzert in Stirling zu besuchen.

So, die Wally Dugs haben aufgehört, Runrig hat aufgehört, und ich sollte wohl auch aufhören.

Ich denke heute noch an die lustige, aufregende und unvergessliche Zeit zurück und mir fallen immer wieder neue Geschichten ein, die ich vergessen habe aufzuschreiben.

Klopfer

Klopfer

G. Lampe